Tür an Tür mit der Liebe

Tobias verdrehte die Augen. Er legte das Handy auf den Tisch und stöhnte.

„Was ist los?" fragte ich ihn und schaute von meiner Zeitung hoch.

„Ich muss morgen nach Hamburg. Da gibt es schon wieder Probleme mit der Software. Es tut mir leid Elena, aber aus unserem Ausflug am Wochenende wird nichts!" Tobias schaute unglücklich.

„Nicht schon wieder!" sagte ich enttäuscht. „Ich habe mich schon so gefreut. Außerdem habe ich Sabine schon gesagt, dass sie mich im Geschäft vertreten muss!"

„Ich kann es ja auch nicht ändern. Außer mir kennt sich nur noch Matthias mit dem Programm aus und der ist im Urlaub."

Ich schüttelte traurig den Kopf. Das war nun schon das dritte Mal, dass wir unsere Pläne über den Haufen werfen mussten.

Tobias war IT Spezialist einer großen Bank. Überstunden waren normal. Aber in den letzten Monaten nahmen sie Überhand. Er war oft in ganz Deutschland unterwegs. Unsere Beziehung litt sehr darunter.

1

„Wann musst Du morgen los?" fragte ich traurig.

„Ich werde noch vor dem Frühstück fahren. Bis Hamburg brauche ich am Freitag bestimmt sechs Stunden. Ich habe zuletzt ewig vor dem Elbtunnel warten müssen!"

Tobias zog mich vom Stuhl hoch und nahm mich in den Arm. Ich lehnte mich an seine Brust. Ich konnte ihm nie lange böse sein.

Wir kannten uns seit vier Jahren. Ich hatte Tobias auf der Verlobungsfeier einer gemeinsamen Freundin kennen gelernt. Er ließ mich den ganzen Abend nicht aus den Augen. Als ich die Feier verlassen wollte, fragte Tobias, ob er mich nach Hause bringen dürfte.

Wir liefen durch die Dunkelheit. Mir war kalt. Tobias gab mir seine Jacke, damit ich nicht frieren musste. Vor meiner Haustür wollte ich sie ihm zurückgeben. Er sagte damals: „Behalte sie erstmal, dann habe ich einen Grund, noch einmal her zu kommen, um sie zu holen!"

Danach haben wir uns noch ein paarmal getroffen. Die Jacke hatte Tobias nie mitgenommen. Nach einem halben Jahr ist er dann zu mir gezogen.

Ich hatte nach dem Tod meiner Eltern ihre Eigentumswohnung geerbt. Die Wohnung befindet sich in einem Altbau mit hohen Wänden. Schon als Kind liebte ich das Knarren der Dielen und den kleinen Erker im Wohnzimmer.

Hier habe ich damals geträumt, dass ein Prinz an der Regenrinne zu uns hochklettert und mich aus dem Erker befreit. Daran musste ich jetzt denken, als Tobias mich umarmte. Ein Prinz war er zwar nicht, aber ich war sehr verliebt in ihn. Ich liebte seinen Humor und seine Unbekümmertheit.

„Sei nicht traurig Elena, wir holen es nach!" sagte Tobias, aber aus seiner Stimme hörte ich heraus, dass er selbst nicht daran glaubte.

Also war ich das ganze Wochenende wieder allein. Tobias würde wahrscheinlich erst am Montag wieder zurückkommen. Er konnte am besten arbeiten, wenn die Bankangestellten nicht an den Computern sitzen mussten. Und das war am Wochenende.

Nach dem Frühstück fuhr ich in die Innenstadt. Ich arbeitete schon seit meiner Ausbildung in einem Fachgeschäft für Herrenmode. Ich zog mich im Mitarbeiterbereich um. Die Verkäuferinnen mussten alle elegant gekleidet sein. Unser Chef legte viel Wert auf gute Kleidung und einen höflichen Umgangston. Das Geschäft existierte schon in der dritten Generation. Ich arbeitete gern hier. Wir waren alle wie eine große Familie.

„Ist Jemand gestorben?" fragte mich Sabine, die gerade in unseren Aufenthaltsraum kam.

„Nein, aber Tobias hat mal wieder unser gemeinsames Wochenende abgesagt!" antwortete ich. „Du kannst also morgen frei machen. Ich komme dann arbeiten. Was soll ich allein zuhause hocken!"

„Das gibt es doch gar nicht. Muss das denn sein, dass er ständig unterwegs ist. Ich hätte ihm schon längst die Meinung gesagt!" Sabine machte ein genervtes Gesicht.

„Was soll er denn machen? Sein Chef braucht ihn eben vor Ort!" sagte ich.

„Du bist viel zu gutmütig Elena. Und Tobias sollte sich nicht so schikanieren lassen!" antwortete Sabine.

Wir wurden unterbrochen, weil Tamara, eine weitere Kollegin, ebenfalls in den Raum kam. Sie sollte unsere Unterhaltung nicht mitbekommen.

Tamara begrüßte uns und ging an die Kaffeemaschine. „Möchtet Ihr auch eine Tasse?" fragte sie.

Sabine und ich nickten gleichzeitig. Ich holte drei Kaffeebecher aus dem Schrank und stellte sie auf den Tisch.

Wir hatten gerade noch Zeit den Kaffee zu trinken, dann öffnete unser Chef, Herr Weber, die Eingangstüren. Wir gingen in die verschiedenen Abteilungen, in die wir eingeteilt waren.

Seit Anfang des Jahres war ich in der Abteilung für Abendmode.

Mir machte es unheimlich Spaß, die Männer zu beraten, welcher Anzug oder Smoking zu den verschiedenen Anlässen getragen werden konnten.

Heute war ziemlich viel zu tun. Im Frühling gab es viele Hochzeiten. Das war einer der Anlässe, um sich neu einzukleiden.

Ein älterer Herr suchte einen Smoking für eine Kreuzfahrt und eine Mutter suchte für ihren Sohn einen Anzug für die Konfirmation. Ich sah ihm an, dass er lieber eine neue Jeans gekauft hätte.

In der Mittagspause ging ich in ein kleines Restaurant, ganz in der Nähe des Geschäftes. Hier aßen meine Kollegen und ich oft eine Kleinigkeit.

Sabine saß schon in einer Nische und hatte sich einen Orangensaft bestellt. Ich setzte mich zu ihr und studierte die Speisekarte.

Nachdem wir bestellt hatten, sagte Sabine: „Dann kann ich ja morgen mit Klaus etwas unternehmen. Er wird sich freuen, dass ich doch nicht arbeiten muss!"

Ich nickte und trank von meinem Mineralwasser.

„Ich weiß auch nicht, wie das weitergehen soll. Tobias und ich haben kaum noch Zeit füreinander", sagte ich leise.

Unsere Speisen wurden gebracht. Wir aßen eine Weile, ohne etwas zu sagen. Plötzlich tätschelte Sabine meine Hand.

„Ich hoffe, dass ihr eine Lösung findet." Sie nickte mir aufmunternd zu.

Der Nachmittag verlief hektisch und ich war froh, als endlich Feierabend war.

Als ich die Wohnungstür aufschloss, kam mir schon ein leckerer Duft entgegen. Tobias hatte für uns gekocht. Er stand in der Küche und rührte in einem Topf.

„Das riecht ja toll!" sagte ich und schaute ihm über die Schulter.

Tobias grinste. Er konnte nur zwei Speisen kochen. Gulasch und Rühreier mit Speck. Heute gab es Gulasch mit Nudeln. Mein Magen knurrte, weil ich am Mittag nur einen Salat gegessen hatte.

Nach dem Abendessen sagte Tobias plötzlich: „Weißt Du eigentlich, dass Herr Strauch auszieht?"

Ich schaute ihn erstaunt an. „Woher weißt Du das denn?" fragte ich.

„Ich habe ihn heute Nachmittag im Treppenhaus getroffen. Ich habe ihm geholfen seine Einkäufe nach oben zu tragen. Er kann die Stufen kaum noch bewältigen!" antwortete Tobias.

„Das ist mir auch schon aufgefallen. Er ist ja bestimmt schon über achtzig!" sagte ich.

Herr Strauch war schon unser Nachbar, als meine Eltern damals die Wohnung gekauft hatten.

Seine Frau war letztes Jahr gestorben. Ich mochte ihn sehr. Er war immer gut gelaunt, aber der Tod seiner Frau hatte ihn sehr getroffen. Er hatte in den letzten Monaten kaum noch die Wohnung verlassen.

„Er wird in ein Altenheim ziehen!" sagte Tobias und unterbrach meine Gedanken.

„Das ist wirklich schade. Wer weiß, wer dann hier einzieht!" antwortete ich. Tobias nickte.

Nach dem Essen räumten wir die Spülmaschine ein. Tobias musste noch ein paar Sachen einpacken, die er für das Wochenende in Hamburg brauchte.

Als wir später im Bett lagen, sagte ich:

„Ich vermisse Dich jetzt schon!" Ich kuschelte mich an Tobias. Aber er war schon eingeschlafen.

Am nächsten Morgen klingelte schon um sechs Uhr der Wecker. Tobias stand auf und gab mir einen Kuss auf die Stirn.

„Schlaf noch etwas, ich melde mich, wenn ich in Hamburg angekommen bin!" flüsterte er und schloss die Schlafzimmertür leise hinter sich.

Am Samstag war im Laden immer viel los. Die Zeit bis zum Geschäftsschluss verging wie im Flug.

Auf dem Heimweg kaufte ich noch ein paar Lebensmittel ein und fuhr dann nach Hause. Ich hörte schon im Treppenhaus das Telefon klingeln.

Tobias war gut angekommen. Er hatte gerade den Schlüssel für sein Hotelzimmer an der Rezeption geholt.

„Ich werde wahrscheinlich nachher noch in der Filiale vorbeifahren. Ich schaue mir das Problem mal an, dann weiß ich besser, wie lange ich dafür brauchen werde", sagte er.

„Ich hoffe, dass Du schnell wieder nach Hause kommst. Die Wochenenden ohne Dich sind nicht schön!"

„Fang doch nicht wieder damit an!" antwortete Tobias genervt.

„Ist ja schon gut. Ich bin froh, dass Du heil angekommen bist. Melde Dich, wenn Du weißt wie lange Du weg bist!"

Nach unserem Telefonat zog ich meine Joggingkleidung und Laufschuhe an. Ich fuhr zum Grüngürtel der Stadt. Hier gab es unzählige Laufstrecken. Es waren einige Spaziergänger unterwegs. Auch andere Jogger hatte das schöne Wetter aus den Häusern gelockt.

Ich lief eine Weile durch den Wald und bog dann in Richtung eines kleinen Sees ab.

Die Strecke um den See war ungefähr zwei Kilometer lang. Ich wollte ihn umrunden. Das war meine Lieblingsstrecke. Auf dem See waren ein paar Leute mit Tretbooten unterwegs. Von einem der Boote winkte mir eine junge Frau zu. Es war eine Nachbarin aus der Straße, in der ich wohnte. Sie war mit ihren beiden Kindern unterwegs. Die Kinder hatten sichtlich Spaß. Sie traten wie wild in die Pedale.

Fast wäre ich über einen kleinen Dackel gestolpert. Ich hatte ihn übersehen, als ich hinüber auf den See geschaut hatte.

Der Hund kläffte kurz. Seine Besitzerin, eine dicke grauhaarige Frau rief mir zu: „Haben Sie keine Augen im Kopf. Beinahe hätten Sie den Purzel getreten!"

Ich rief: „Entschuldige Purzel!" und lief grinsend weiter.

Als ich später wieder auf dem Parkplatz ankam, war ich durchgeschwitzt und müde. Ich holte meine Wasserflasche aus dem Auto und trank in langen Zügen. Im gleichen Moment erschrak ich, weil mir Jemand an die Beine griff. Hastig drehte ich mich um. Ich schaute nach unten und musste lächeln.

Ein kleines Mädchen hatte sich an mir festgehalten, damit sie nicht umfiel. Sie war vielleicht ein Jahr alt und noch ganz wackelig auf den Beinen.

„Entschuldigen Sie bitte!" hörte ich eine Stimme neben mir. Ein junger Mann nahm die Kleine auf den Arm. Er lächelte und streichelte dem Mädchen über das Köpfchen.

„Kein Problem, ich habe mich nur erschrocken!" sagte ich.

„Chiara ist noch nicht richtig gut zu Fuß! Aber sie will immer laufen. Sie ist kaum zu bremsen!" Der junge Mann schaute stolz zu seiner Tochter.

„Ich heiße übrigens Tom." Er gab mir die Hand.

„Elena!" sagte ich und lächelte.

Tom sah gut aus. Er hatte ein markantes Gesicht, einen dunklen Wuschelkopf und einen Dreitagebart. Er sah aus wie ein Künstler. Er trug ein knitteriges T-Shirt, unter dem sich seine Muskeln abzeichneten. Er sah sehr sportlich aus.

„Chiara und ich wollen Enten füttern!" sagte er jetzt und schaute mir tief in die Augen. Ich wurde nervös. Plötzlich griff Tom in meine Haare. Ich zuckte zusammen. Kurz darauf zog er ein Blatt heraus. Es hatte sich beim Laufen durch den Wald darin verfangen. Ich war durch Toms Berührung wie elektrisiert.

„Wir müssen jetzt mal weiter!" sagte Tom. Ich schaute ihn irritiert an und antwortete nur: „Viel Spaß für Dich und Chiara!"

Er lächelte und ging mit der Kleinen auf dem Arm in Richtung See.

Ich war immer noch von der Situation gefangen. Ich stieg erst ins Auto, als Tom nicht mehr zu sehen war.

Als ich zuhause die Tür aufschließen wollte, öffnete sich leise die Tür zur Wohnung von Herrn Strauch.

„Elena, könntest Du mir bitte mal helfen?" fragte Herr Strauch.

„Natürlich! Was soll ich für Sie machen?" antwortete ich.

Ich ging mit ihm in seine Wohnung. Auf dem Küchentisch stand eine Konservendose mit Suppe. Ich schaute ihn fragend an.

„Ich bekomme die Dose nicht auf. Ich habe keine Kraft mehr, um den Dosenöffner zu benutzen", sagte er leise.

Ich wurde traurig, als ich mir vorstellte, wie Herr Strauch allein mit seiner Dosensuppe am Tisch saß.

„Ich habe eine bessere Idee!" sagte ich. „Ich gehe jetzt duschen und dann koche ich uns etwas Leckeres. Ich bin sowieso allein und würde mich freuen, sie zum Essen einzuladen!"

Ein Lächeln huschte über Herrn Strauchs Gesicht.

„Das ist aber nett von Dir Elena! Da sag ich nicht nein!"

„Dann klingele ich bei Ihnen, wenn ich fertig bin!"
sagte ich und stellte die Suppendose demonstrativ
auf den Küchenschrank.

Nach der Dusche schaute ich in den Kühlschrank
und entschied mich dazu, Frikadellen und Kartoffeln
zu machen. Dazu gab es einen Salat. Ich freute
mich richtig darauf, Herrn Strauch zu bekochen.

Als ich den Tisch fertig gedeckt hatte und das
Essen fast fertig war, ging ich hinüber zu Herrn
Strauch. Er hatte sich umgezogen und trug jetzt
einen Anzug, der ihm deutlich zu groß geworden
war. Es sah damit aus wie ein Kavalier alter Schule.
Ich war ganz gerührt.

Es wurde ein richtig schöner Abend. Wir aßen und
unterhielten uns über Gott und die Welt. Herr
Strauch lobte das Essen und griff tüchtig zu. Als wir
fertig waren, räumte ich den Tisch ab. Dann goss
ich Herrn Strauch und mir etwas Wein nach.

„Darf ich sie etwas fragen?" sagte ich, nachdem wir
uns zugeprostet hatten.

„Was willst Du denn wissen Elena?" fragte Herr
Strauch, nachdem er einen Schluck Wein getrunken
hatte.

„Ich habe gehört, dass sie ausziehen wollen. Stimmt
das denn?"

Herr Strauch nickte langsam. Es fiel ihm sichtlich
schwer es auszusprechen.

„Es stimmt. Ich werde nächsten Monat in ein Seniorenheim ziehen. Ich schaffe die Treppen nicht mehr. Auch der Haushalt fällt mir immer schwerer!"

„Ich werde Sie sehr vermissen!" sagte ich.

Herr Strauch schaute zu mir auf und antwortete: „Ich werde das alles hier auch sehr vermissen. Du und Deine Eltern waren immer die besten Nachbarn, die man sich wünschen konnte!"

Er seufzte. Ich konnte nicht anders, aber ich musste seine Hand nehmen.

„Ich werde sie ab und zu besuchen. Ist das okay für sie?" fragte ich.

Er schaute erstaunt und nickte mir zu. Er brauchte nichts mehr zu sagen. Ich konnte in seinen Augen sehen, wie sehr er sich darüber freute.

„Ich habe auch schon einen Nachmieter!" sagte Herr Strauch plötzlich. „Es ist mein Enkel. Er und seine kleine Familie werden die Wohnung übernehmen. Er ist erst seit kurzem aus Italien zurück in Deutschland. Zurzeit wohnt er noch in einer kleinen Pension. Ihr werdet Euch bestimmt gut verstehen!"

Herr Strauch hatte einen Sohn, der im Schwarzwald lebte. Seinen Enkel hatte ich zuletzt als Kind gesehen.

Wir saßen noch lange zusammen. Als wir uns verabschiedet hatten, rief ich nochmal bei Tobias an. Ich wollte ihm Gute Nacht sagen.

Ich konnte ihn nicht erreichen, nur der Anrufbeantworter sprang an. Ich legte wieder auf, ohne eine Nachricht zu hinterlassen. Wahrscheinlich lag Tobias nach der langen anstrengenden Autofahrt schon im Bett.

Am Sonntagmorgen schlief ich lange. Ich hatte keine Lust allein zu frühstücken, deshalb zog ich mich an und fuhr in die Stadtmitte. Hier gab es ein Café, in dem ich schon öfter war. Ich bestellte mir einen Cappuccino und ein kleines Frühstück. Es saßen noch mehrere Personen allein an den Tischen. Ich fühlte mich in der letzten Zeit oft wie ein Single. Tobias Job forderte alles von ihm. Aber so konnte es nicht weitergehen. Wenn ich ihn darauf ansprach, reagierte er genervt und wollte nicht mit mir darüber diskutieren.

„Ich schreibe Dir ja auch nicht vor, welchen Job Du machen sollst!" hatte er einmal gesagt.

Ich strich mir eine Strähne meiner blonden Mähne aus dem Gesicht. Als ich aus dem Fenster des Cafés schaute, sah ich, dass gerade Tom mit einer jungen Frau vorbeiging. Die Frau hatte Chiara auf dem Arm. Sie sah traurig aus.

Der Anblick von Tom ließ mein Herz schneller schlagen. Ich atmete ein paar Mal tief ein und aus. Warum war ich denn plötzlich so nervös?

„Möchten Sie noch einen Kaffee?" fragte der Kellner und riss mich aus meinen Gedanken.

Ich bestellte noch einen weiteren Cappuccino und beobachtete die anderen Gäste. Eine Frau am Nebentisch schaufelte sich gerade eine große Portion Rührei in den Mund. Ein Pärchen, das ein paar Tische entfernt saß, hielt Händchen und schaute sich verliebt in die Augen. Das versetzte mir einen Stich. Ich hatte auf einmal keine Lust mehr allein im Café zu sitzen. Ich bezahlte beim Kellner und trat auf die Straße. Ich ertappte mich dabei, dass ich hoffte, Tom wäre noch in der Nähe. Aber er war nicht mehr zu sehen.

Ich schlenderte noch eine Weile an den Schaufenstern der Geschäfte in der Fußgängerzone entlang. Es war schon richtig warm, obwohl es erst Anfang April war. Vielleicht schafften Tobias und ich es bald auch mal wieder etwas gemeinsam zu unternehmen.

Zuhause angekommen versuchte ich noch einmal Tobias zu erreichen. Er meldete sich gut gelaunt.

„Ich habe eben auch versucht Dich anzurufen, aber Du warst nicht zu Hause?" fragte er.

„Ich war in der Innenstadt frühstücken und dann noch etwas spazieren!" antwortete ich.

„Ich habe gesehen, dass Du gestern Abend versucht hast mich anzurufen. Ich war noch mit einem Kollegen in einer Bar. Wir sind etwas versackt!" Ich hörte wie Tobias gähnte.

„Weißt Du schon, wann Du in Hamburg mit Deinem Auftrag fertig wirst?"

„Die haben hier große Probleme. Ich denke, ich werde noch bis mindestens Mitte nächster Woche bleiben müssen, um die Kollegen mit dem neuen Programm vertraut zu machen."

„So lange noch? Aber am nächsten Wochenende bist Du doch wieder hier?" fragte ich enttäuscht.

Es dauerte eine Weile, dann sagte Tobias:

„Natürlich!" Aber seine Stimme klang irgendwie komisch.

Tobias beendete das Gespräch auch kurz danach. Er wollte nochmal in die Bank, um dort in Ruhe arbeiten zu können.

Da es noch früh am Tag war, wollte ich noch einmal joggen gehen. Außerdem wollte ich mir später von unterwegs etwas zu essen mitnehmen. Ich hatte heute keine Lust zu kochen.

Als ich auf dem Parkplatz der Grünanlage ankam, hatte ich auf einmal den großen Wunsch, dass Tom und Chiara wieder hier sein würden.

Der Parkplatz war voll. Ich hatte den letzten freien Platz ergattert. Bei dem schönen Wetter waren heute viele Familien unterwegs. Ich suchte mir einen weniger stark besuchten Waldweg zum Joggen aus. Nach einer Weile überholte ich ein Pärchen. Als ich an Ihnen vorbeigelaufen war, hörte ich Jemanden meinen Namen rufen. Ich drehte mich um und erkannte Matthias, einen Kollegen von Tobias. Er war wie Tobias IT Spezialist und zurzeit im Urlaub. Wir kannten uns von verschiedenen Feiern. Zuletzt hatten wir uns auf der Weihnachtsfeier der Bank gesehen. Er kam jetzt Hand in Hand mit seiner Freundin Conny auf mich zu.

„Hallo Ihr Beiden!" sagte ich. „Genießt Ihr Euren Urlaub?"

Conny nickte und lächelte. Matthias sagte gut gelaunt: „Wir haben doch super Wetter erwischt. Oft ist es im April noch kalt. Wir haben echt Glück!"

Wir unterhielten uns noch eine Weile über Belanglosigkeiten, als Matthias plötzlich fragte: „Ist Tobias in Hamburg schon auf der Suche nach einer Wohnung?"

Ich schaute ihn irritiert an. Hatte ich mich verhört?

„Warum sollte er denn eine Wohnung in Hamburg mieten?" fragte ich.

„Er hat doch ab Mai dort einen neuen Job angenommen. Wusstest Du das gar nicht?"

Matthias machte ein unglückliches Gesicht. Er hatte gemerkt, dass ich völlig ahnungslos war.

„Soviel ich weiß, hat er schon im letzten Monat dort bei einer anderen Bank unterschrieben. Ich dachte er hätte es Dir schon längst gesagt!"

Ich schüttelte den Kopf und hatte das Gefühl, das ich ohnmächtig werden würde. Ich musste mich an einen Baum stützen, sonst wäre ich umgefallen.

Conny nahm meinen Arm und fragte, ob ich mich nicht lieber hinsetzen wollte.

„Mach Dir keine Sorgen!" sagte sie. „Vielleicht wollte er Dich überraschen und wir haben jetzt alles verdorben!" Ich merkte ihr an, dass sie mich nur trösten wollte.

Mir gingen tausend Gedanken durch den Kopf. Warum hatte Tobias nichts gesagt. Er hatte sich einfach in Hamburg beworben ohne mich zu informieren. Das konnte eigentlich nur bedeuten, dass er mich gar nicht mitnehmen wollte. Ich konnte das alles nicht begreifen.

Ich verabschiedete mich schnell von Conny und Matthias und lief zurück zum Parkplatz. Ich wollte so schnell wie möglich mit Tobias telefonieren.

Ich wusste gar nicht mehr genau, wie ich nach Hause gekommen war. Ich zitterte am ganzen Körper, als ich die Wohnungstür aufschloss. Ich holte mein Handy aus dem Wohnzimmer.

Tobias meldete sich und hörte sich gestresst an.

„Ich bin noch in der Bank! Was gibt es denn?" fragte er kurz angebunden.

„Ich habe eigentlich nur eine Frage. Warum hast Du mir nicht gesagt, dass Du in Hamburg einen neuen Job hast?" sagte ich lauter, als ich eigentlich gewollt hatte.

Es entstand eine lange Pause. Dann sagte Tobias, als ob er mit einer Fremden sprechen würde: „Gut das Du es schon weißt. Dann brauche ich ja nicht mehr viel dazu sagen!"

„Aber warum?" Meine Stimme zitterte. Mir kamen die Tränen.

„Ich habe ein Angebot der Bank genutzt. Der Job in Hamburg ist eine Riesenchance für mich. Und unsere Beziehung ist doch am Ende. Du hast überhaupt kein Verständnis für meinen Job. Du nörgelst nur an mir herum. Es macht einfach keinen Sinn mehr mit uns! Hamburg ist die richtige Entscheidung. Es tut mir leid!"

Seine letzten Worte hatte ich schon gar nicht mehr richtig verstanden. Ich hatte einfach aufgelegt. Ich wollte mich nicht weiter beschimpfen lassen.

Mir liefen die Tränen das Gesicht hinunter. Aber Tobias hatte das ausgesprochen, was ich auch schon lange gefühlt hatte. Ich konnte bei seiner Vorstellung von einer Beziehung nur verlieren.

Ihm war sein Job immer wichtiger. Ich hatte es auch gespürt, aber nicht wahr haben wollen. Trotzdem überwogen die Trauer und die Wut, dass er hinter meinem Rücken einfach alles entschieden hatte.

Als ich aufblickte, schaute ich genau auf ein Foto an der Wand. Es war in der Zeit kurz nach unserem Kennenlernen entstanden war. Wir waren damals nach Holland gefahren und hatten dort unseren ersten gemeinsamen Urlaub verbracht. Auf dem Foto schaute Tobias am Strand in die Ferne. Ich hatte dieses Foto immer geliebt, weil er ganz entspannt war. Ich hatte das Foto heimlich gemacht.

Ich ging zu dem Foto und nahm es ab. Auch ein paar andere Fotos von uns nahm ich von der Wand oder aus dem Regal. Es war vorbei und ich wollte nicht mehr sehen, wie glücklich wir damals waren. Ich fühlte mich auf einmal unendlich müde und enttäuscht. Auch über mich. Weil ich nicht gemerkt hatte, dass Tobias schon lange nicht mehr bei mir war. Schon vor Wochen hatte er entschieden mich zu verlassen.

Ich ging ins Schlafzimmer und legte mich auf das Bett. Ich schnupperte an Tobias Kopfkissen und dachte an die Momente, wo wir uns so Nahe waren. Ich weinte leise und schlief irgendwann ein. Als ich wieder aufwachte, fühlte ich mich unendlich allein.

Ich stand auf und ging an den Kleiderschrank, um mich umzuziehen. Ich hatte immer noch meine Jogging Kleidung an.

Und dann sah ich es! Tobias Lieblingsjacke, die er mir damals überlassen hatte, war nicht mehr da. Jetzt wusste ich endgültig, dass er nicht mehr zurückkam.

Montag war mein freier Tag. Ich war froh, dass ich nicht arbeiten musste. Ich blieb fast den ganzen Tag im Bett. Ich konnte mich zu nichts motivieren. Am Nachmittag klingelte ich bei Herrn Strauch und fragte, ob ich ihm helfen könnte. Ich wollte mich ablenken.

„Elena, das ist aber lieb von Dir. Du könntest mir wirklich helfen. Ich fange so langsam an Kartons zu packen. All die Dinge, die ich erstmal nicht mehr brauche, verstaue ich schon einmal. Einige Dinge werde ich gar nicht mitnehmen können. Ich muss mich von Vielem trennen!" Herr Strauch seufzte.

Ich nickte. Im Seniorenheim würde er nur ein Zimmer bewohnen. Da musste man sich gut überlegen, was man mitnehmen möchte.

„Einen Teil der Möbel wird mein Enkel behalten. Er braucht dann nicht alles neu zu kaufen.

In Italien hatten er und seine Frau auch eine möblierte Wohnung gehabt.

Er ist Musiker und hat in Verona gelebt. Er war dort im Symphonie Orchester." Herr Strauch lächelte stolz. „Seine Frau Valeria ist Italienerin. Sie haben eine kleine Tochter."

„Und jetzt arbeitet er hier in Deutschland?" fragte ich neugierig.

„Er hat ein Engagement im Orchester der Kölner Philharmonie", antwortete Herr Strauch.

Ich bewunderte Menschen die Musik machten. Ich wollte früher auch immer ein Instrument spielen können, hatte es aber leider nie realisiert.

„Womit soll ich denn anfangen Herr Strauch?" fragte ich.

„Elena, ich habe eine Bitte. Sag doch einfach Georg zu mir. Ich bin der Ältere und darf Dir das Du anbieten!"

„Ja gerne Georg!" antwortete ich. Daraufhin ging er an seinen Wohnzimmerschrank und holte eine Flasche Cognac heraus.

„Darauf trinken wir! Ich habe die Flasche mal von meinem Sohn geschenkt bekommen. Aber alleine trinken mag ich nicht!"

„Prost!" sagte ich. Wir stießen an. Der scharfe Alkohol ließen meine Augen tränen und Georg lachte.

Er zeigte mir im Wohnzimmerschrank die Gläser, die verpackt werden sollten.

Ich machte mich gleich daran, diese vorsichtig in Papier zu wickeln und dann in einen Karton zu packen. Georg saß am Küchentisch und schaute mir zu. Er sah blass aus.

„Frauen haben doch das bessere Händchen für sowas!" sagte er und lächelte.

„Ist alles in Ordnung bei Dir Elena?" fragte er nach einer Weile. „Du siehst so bedrückt aus!"

„Ich habe mich von Tobias getrennt. Genauer gesagt, er hat mich verlassen!" sagte ich bitter.

„Was? Ich habe ihn doch noch letzte Woche getroffen. Er hat meine Einkäufe in die Wohnung getragen!" Er schaute ungläubig.

„Er hat sich in Hamburg einen neuen Job gesucht und mir nichts gesagt. Ich habe es durch Zufall erfahren. Ich habe ihn gestern darauf angesprochen. Er bleibt erstmal in Hamburg. Wahrscheinlich kommt er nur noch einmal, um seine persönlichen Sachen abzuholen!" Ich schluckte bei diesem Gedanken.

„Er war ja immer schon sehr ehrgeizig. In den letzten Wochen hat er Dich oft allein gelassen!" antwortete Georg.

Ich nickte traurig und versuchte die Tränen zu unterdrücken.

Ich hörte wie Georg noch einmal unsere Gläser füllte. „Komm Mädchen, trinken wir auf Deine und meine Zukunft."

Ich setzte mich zu ihm an den Tisch.

„Es wird alles gut werden. Ich war immer ein positiv denkender Mensch!" sagte Georg. „Nur nach dem Tod meiner Frau Elsa habe ich mich eine Zeit lang hängen lassen. Ich habe sie sehr geliebt. Aber das Leben geht weiter. Denk immer daran Elena. Du weißt nie, was noch passiert!" Er drückte meine Hand.

Ich bewunderte Georg, dass er in seinem Alter noch so in die Zukunft schaute und sich nicht unterkriegen ließ. Auch jetzt nicht, wo er seine geliebte Wohnung verlassen musste. Ich wollte mir ein Bespiel an ihm nehmen.

Ich räumte später mit Georg noch etwas in seiner Wohnung auf. Ich stapelte die Kartons, die ich schon für ihn gepackt hatte, in einer Ecke im Flur und verabschiedete mich von ihm.

„Pass auf Dich auf Georg. Und wenn Du Hilfe brauchst, dann sag einfach Bescheid!" Ich nickte ihm zu und ging wieder hinüber in meine Wohnung.

Die Stille der Wohnung war auf einmal unerträglich für mich. Ich schaltete den Fernseher an und wollte mir etwas zu essen machen. Als ich gerade die Zutaten aus dem Kühlschrank nahm, klingelte es an meiner Tür.

Ich schaute durch den Spion und erkannte Daniel, meinen Nachbarn links von mir, der in den letzten beiden Wochen seine Eltern an der Ostsee besucht hatte. Ich öffnete. Daniel grinste breit als er mich sah.

„Hallo Elena, heute siehst Du wirklich aus, wie es Dein Name verspricht."

Er zog mich manchmal damit auf, dass ich mit Nachnamen Engel heiße. Meine blonden Locken und blauen Augen passten natürlich perfekt zu dem Namen.

„Bin wieder zurück aus Flensburg. Danke, dass Du meine Post in die Wohnung gebracht hast." Daniel musterte mich. Ich hatte meinen rosa Hausanzug an und kam mir auf einmal vor, wie ein Baby im Strampelanzug.

„Gern geschehen, ich gebe Dir gleich Deinen Schlüssel zurück", sagte ich und ging zu meiner Kommode. Dort legte ich immer alle Schlüssel in eine Glasschale.

Ich drückte ihn Daniel in die Hand und fragte: „Wann gehen Deine Vorlesungen wieder los?"

Daniel studierte Medizin. Ich sah ihn selten. Meistens war er in der Uni und am Wochenende oft mit Kommilitonen unterwegs.

„Gleich morgen!" antwortete er und schaute an mir vorbei in die Wohnung.

„Bist Du wieder allein? Ist Tobias wieder beruflich unterwegs?" fragte er neugierig.

Ich nickte. Ich hatte keine Lust mit Daniel über meine Trennung zu sprechen. Er würde es noch früh genug erfahren. Daniel flirtete immer mal wieder mit mir. Er konnte Tobias nicht leiden.

Bei einer Gelegenheit hatte er mal gesagt: „Der Kerl passt überhaupt nicht zu Dir. Das ist so ein typischer Banker. Ein ehrgeiziger Langweiler!"

Wenn ich ihm jetzt erzählen würde, dass Tobias sich sang-und klanglos aus dem Staub gemacht hatte, dann wäre das gleich eine Bestätigung, dass er Recht gehabt hatte.

„Also Danke nochmal Engelchen!" sagte Daniel und zwinkerte mir zu. Dann ging er in pfeifend in seine Wohnung.

Ich schloss meine Wohnungstür und schaute beim Vorbeigehen in den Spiegel. Eigentlich war ich mit meinem Aussehen zufrieden. Ich war schlank, mittelgroß und sah mit meinem blonden Wuschelkopf tatsächlich ein bisschen wie ein Engel aus. Es gab immer mal wieder Männer, die sich mit mir treffen wollten, aber ich war Tobias immer treu.

Einmal hatte sich ein Kunde in mich verliebt. Er kam fast jeden Tag in den Laden und kaufte eine Kleinigkeit. Mal ein paar Socken, dann eine Krawatte oder ein Hemd. Irgendwann brachte er mir dann Rosen mit.

Als ich den Strauß abends mit nach Hause brachte und es Tobias erzählte, sagte er nur: „Schön, dann brauche ich Dir ja keine zu kaufen. Und Dein Chef sollte Dir eine Gehaltserhöhung geben. Der Typ hat doch den Umsatz deutlich gesteigert!"

Damals hätte mir schon auffallen müssen, dass ich Tobias eigentlich gleichgültig geworden war.

Ich seufzte laut und ging zurück in die Küche. Nach dem Abendessen schaute ich noch eine Weile Fernsehen. Als ich schon ins Bett gehen wollte, klingelte das Telefon.

„Ich bin es!" hörte ich Tobias Stimme. „Alles okay bei Dir?" fragte er.

„Eigentlich schon, bis auf die Tatsache, dass mich mein Freund sehr unschön abserviert hat!" antwortete ich sarkastisch.

Tobias ging gar nicht darauf ein, sondern sagte nur: „Ich bleibe jetzt erstmal hier in Hamburg. Man hat mir eine kleine Wohnung besorgt.

Ich komme irgendwann vorbei und hole noch meine persönlichen Dinge!"

Ich schluckte. Ich wusste nicht, was ich antworten sollte. Als ich mich wieder gefangen hatte, hatte Tobias bereits einfach wieder aufgelegt.

„Was für ein Idiot!" dachte ich und fragte mich, was ich eigentlich jemals an ihm gefunden hatte.

Am Freitagabend der nächsten Woche, kam ich spät nach Hause. Ich merkte gleich, als ich die Wohnungstür aufschloss, dass Jemand da gewesen war.

Tobias hatte seine Sachen abgeholt. Er war tagsüber hier gewesen, damit wir uns nicht über den Weg liefen. Er war auch noch ein Feigling. Er hatte tatsächlich nur seine restliche Kleidung und ein paar Bücher mitgenommen. Aus einem Fotoalbum, das auf dem Wohnzimmertisch lag, hatte er einfach ein paar Fotos entfernt. Der Wohnungsschlüssel lag neben dem Album. Es gab noch nicht einmal ein paar persönliche Worte zum Abschied auf einem Zettel. Ich konnte es nicht glauben. Ich weinte vor Wut und Enttäuschung.

Als es an der Tür klingelte, wollte ich erst gar nicht öffnen. Dann hörte ich Daniels Stimme.

„Elena, mach mal auf. Ist alles in Ordnung?" fragte er.

Ich schniefte und öffnete die Tür.

„Hast Du Tobias endlich rausgeschmissen?" fragte er hoffnungsvoll. „Ich habe ihn vorhin gesehen, wie er einen Koffer und einen Karton aus der Wohnung geschleppt hat."

„Komm rein!" sagte ich, weil ich keine Lust hatte, dass auch der Rest der Nachbarschaft bald wusste, dass ich jetzt wieder Single war.

Daniel folgte mir ins Wohnzimmer und ließ sich gleich auf meine Couch fallen.

„Möchtest Du ein Bier?" fragte ich. Er nickte erfreut.

Ich ging in die Küche und holte für uns Beide eine Flasche aus dem Kühlschrank.

„Ich brauch kein Glas!" sagte Daniel und grinste. Dann trank er gleich einen Schluck und meinte dann fröhlich. „Auf Dein neues Leben ohne den Langweiler!"

Ich musste jetzt doch lachen. Daniel hatte ein Gemüt wie ein Schaukelpferd. Er war immer gut gelaunt und ein absoluter Optimist.

Ich trank ebenfalls ein Schluck aus der Flasche und verschluckte mich prompt. Ich musste fürchterlich husten. Daniel sprang auf und klopfte mir wie wild auf den Rücken.

„Aua!" sagte ich, als ich wieder zu Atem kam. „Wenn Du später Deine Patienten auch so behandelst, dann ist das Wartezimmer bald leer!"

Daniel grinste und sagte dann: „Ich kann auch anders! Möchtest Du lieber Streicheleinheiten?"

Ich verdrehte die Augen. „Ich hab die Nase voll von Männern. Jedenfalls die nächste Zeit!"

„Wer hat denn wen verlassen?" wollte Daniel jetzt wissen.

„Tobias hat es vorgezogen, in Hamburg ein neues Leben zu beginnen. Ohne mich!" sagte ich wütend. „Er hat dort einen neuen Job angenommen. Er wird die Karriereleiter gnadenlos nach oben krabbeln!"

Daniel schüttelte den Kopf und trank wieder aus seiner Flasche.

„Ich hab es gleich gewusst. Ich konnte ihn noch nie leiden!" sagte er triumphierend.

„Jaja! Hinterher ist man immer schlauer. Ich bin jedenfalls maßlos enttäuscht und traurig!" antwortete ich.

„Dagegen hilft nur, unter Leute zu gehen. Komm doch heute Abend mit in den „Schluckspecht". Es sind immer nette Leute dort. Ein paar meiner Kommilitonen werden auch da sein!" sagte Daniel.

Ich schüttelte den Kopf. Darauf hatte ich überhaupt keine Lust.

„Du wirst doch am Freitagabend nicht allein und traurig in der Bude hocken. Du bist jung und hübsch. Sei kein Frosch und komm mit!"

Er hörte nicht auf zu nerven und ich gab auf.

„Na gut. Ich ziehe mich um und dann klingele ich bei Dir, wenn ich fertig bin. Ich muss aber erst noch etwas essen!" antwortete ich.

„Ich lade Dich zur Feier des Tages ein. Ich finde es muss gefeiert werden, dass Du wieder Single bist!" Daniel lachte und stand auf. „Zieh Dich um und dann komm zu mir rüber. Wir gehen dann zu meinem Lieblingschinesen und später ziehen wir weiter!"

Als Daniel gegangen war, ging ich ins Bad und duschte lange. Ich schminkte mich und steckte meine Mähne hoch. Dann schlüpfte ich in eine Jeans und meine Lieblingsbluse und zog meine hochhackigen Pumps an. Das sah sportlich und trotzdem sexy aus.

Daniel pfiff, als er die Tür öffnete. „Du siehst toll aus Elena. Ich freue mich total, dass Du mit mir ausgehst."

Er hatte sich auch umgezogen. Er trug eine Jeans und ein schwarzes Hemd. Daniel war ein langer Schlacks und mindestens einen Kopf größer als ich. Er hatte längere, dunkle Haare und sah immer aus, als käme er gerade aus dem Bett. Man hatte immer den Wunsch, ihm einen Kamm zu geben.

Es stand ihm aber gut. Er hatte dunkle Augen, die immer lustig schauten. Manchmal trug er eine Brille, aber heute hatte er Kontaktlinsen an.

„Sonst bin ich blind wie ein Maulwurf!" hatte er einmal gesagt.

Er zog die Tür hinter sich zu. Dann hakte er sich bei mir ein und sagte fröhlich: „Na dann lass uns mal Köln unsicher machen!"

Wir gingen zu Fuß. Bis zur Innenstadt war es nicht weit. Wir waren nach etwa zwanzig Minuten bei dem Restaurant angelangt, das Daniel ausgesucht hatte.

Innen war es, wie fast alle chinesischen Restaurants, mit roten Lämpchen und allerlei asiatischen Dekorationsartikeln ausgestattet. In einem Aquarium schwammen zwei einsame Goldfische. Eine kleine asiatische Kellnerin kam lächelnd auf uns zu und zeigte auf einen freien Tisch am Fenster.

Daniel rückte mir den Stuhl zurecht. Er lächelte mich an, als er mir die Speisekarte reichte, die auf dem Tisch lag.

„Weißt Du eigentlich, wie lange ich schon gehofft habe, dass Du mal mit mir ausgehst?" sagte er und schaute mir dabei tief in die Augen.

„Flirtest Du mit mir?" fragte ich und zwinkerte ihm zu.

„Du weißt doch schon längst, dass ich auf Dich stehe. Ich habe aber immer respektiert, dass Du mit Tobias zusammen warst." Daniel legte seine Speisekarte zur Seite. „Du bist eine wunderschöne Frau."

„Danke schön!" Ich war verwirrt, weil ich es nicht mehr gewohnt war, dass mir Jemand Komplimente machte.

Die Kellnerin brachte unsere Getränke und unterbrach erstmal unser Gespräch. Das war mir ganz Recht. Ich war unsicher.

Daniel schaute mich mit seinen dunklen Augen an und lächelte.

„Ach Engelchen, Du bist wirklich rot geworden. Mache ich Dich nervös?" fragte er und nahm meine Hand.

Ich hatte kurzzeitig das Bedürfnis durch seine wuscheligen Haare zu streichen, hatte mich aber gleich wieder im Griff. Ich entzog ihm meine Hand und sagte leise: „Das liegt an dem Licht von diesen komischen roten Lampen!"

Daniel grinste, sagte aber nichts. Er prostete mir zu. Wir tranken erst einmal von dem Wein, den Daniel bestellt hatte.

„Wann bist Du eigentlich fertig mit deinem Studium?" fragte ich um abzulenken.

„Ich bin jetzt im letzten Semester, am Ende der sogenannten Klinik. Das heißt, ich komme wenn alles gut geht, bald in das praktische Jahr. Das ist dann der dritte Abschnitt des Studiums. Und dann bin ich, wenn ich alle Prüfungen bestanden habe, ein Onkel Doktor!" Daniel stöhnte leise. „Es kommt aber noch eine anstrengende Zeit auf mich zu."

„Weißt Du schon in welche Richtung es gehen soll? Machst Du noch Deinen Facharzt?" wollte ich wissen.

„Ich denke schon. Ich interessiere mich für die Kardiologie."

„Das heißt, Du möchtest Dich um fremde Herzen kümmern?" fragte ich und musste lächeln.

„Am liebsten um Deins!" antwortete Daniel.

„Ich hoffe nicht, dass es so schnell nötig sein wird. Im Moment schlägt alles noch im Takt!"

„So habe ich das auch nicht gemeint!" sagte Daniel.

Ich war froh, dass unser Essen gebracht wurde. So brauchte ich nicht weiter auf seine Anspielungen einzugehen.

Ich musste zugeben, dass es mir schon schmeichelte, wenn Daniel mir Komplimente machte. In den letzten Monaten hatte Tobias kaum noch Augen für mich. Er merkte nicht, wenn ich beim Friseur war oder wenn ich ein sexy Outfit angezogen hatte. Am Anfang unserer Beziehung war er sehr viel aufmerksamer gewesen.

Ich hatte in Daniel immer nur den netten Nachbarn gesehen. Wir redeten im Treppenhaus immer mal wieder miteinander. Wenn Tobias dabei war, grüßte er immer nur kurz.

Es kamen hin und wieder einmal Frauen aus Daniels Wohnung, aber eine feste Freundin hatte er nicht.

Daniel schien keine längere Beziehung zu wollen. In den Semesterferien fuhr er meistens zu seinen Eltern. Ich kümmerte mich dann um seine Post. Daniels Wohnung war etwas kleiner als meine. Sie war mit bunt zusammengesuchten Möbeln eingerichtet. Auf dem Boden stapelten sich Fachbücher. Typisch für einen Studenten.

Daniel war 28 und ein Jahr älter als ich. Er riss mich aus meinen Gedanken, als er fragte: „Schmeckt es Dir?"

„Es schmeckt super. Ich liebe Ente süß-sauer!" antwortete ich. Beim Chinesen aß ich immer dasselbe. Hier schmeckte es wirklich richtig gut.

Nach dem Essen tranken wir noch einen Reißschnaps. Als Daniel bezahlt hatte, verließen wir satt und gut gelaunt das Restaurant. Wir wollten in Daniels Stammkneipe im belgischen Viertel gehen. Zu Fuß waren wir in ein paar Minuten dort angelangt. Der „Schluckspecht" war schon am frühen Abend überfüllt.

Hier verkehrten in der Hauptsache Studenten. Ein paar Leute begrüßten Daniel beim Vorbeigehen.

Eine Gruppe junger Männer stand an einem Stehtisch. Einer winkte uns zu. Daniel zog mich zu dem Tisch und stellte mich den Anderen vor.

Die meisten Namen hatte ich gleich wieder vergessen. Fast alle studierten wie Daniel auch Medizin. Sebastian, einer der Männer, bestellte an der Theke eine Runde Kölsch.

Als die junge Bedienung das Bier brachte, reichte mir Daniel ein Glas und wir prosteten uns zu. Bei der lauten Rockmusik und der Geräuschkulisse bekam ich nur wenig von den Gesprächen mit. Es war aber eine lustige Runde und wir lachten viel. Daniel legte im Laufe des Abends immer mal wieder seinen Arm um meine Schulter. Einmal flüsterte er mir ins Ohr: „Wir gehen später noch woanders hin. Hier versteht man ja heute kaum sein eigenes Wort!"

Irgendwann verabschiedeten wir uns von den Anderen. Einer der Männer zwinkerte Daniel vielsagend zu. Er sagte etwas zu ihm und grinste. Daniel nahm meine Hand und zog mich zum Ausgang.

Vor der Tür atmete ich auf. In meinen Ohren dröhnte es immer noch von der lauten Musik.

„Wie könnt ihr Euch das jedes Wochenende antun?" fragte ich und lachte. „Ich bin kurz vor einem Hörsturz!"

„Dann werde ich vielleicht doch lieber HNO Arzt. Dann kann ich in Deine süßen Öhrchen schauen!" antwortete Daniel. Dann beugte er sich zu mir hinunter und küsste mich.

Ich war überrascht, aber ich erwiderte den Kuss. Ein wohliges Gefühl durchströmte mich. So war ich schon lange nicht mehr geküsst worden.

Als Daniel mir ins Ohr flüsterte, bekam ich eine Gänsehaut. „Wohin möchtest Du noch? Hast Du Lust tanzen zu gehen?"

Ich nickte. Mir fiel nur die „Tanzbar" ein. Ich war lange nicht mehr in Köln unterwegs gewesen. Daniel war einverstanden. Er nahm meine Hand und wir gingen in Richtung der Diskothek, die ich vorgeschlagen hatte. An einer Ampel mussten wir stehen bleiben. Daniel nutzte das aus, um mich wieder zu küssen.

„Weißt Du, worüber ich wirklich froh bin?" fragte er. Ich schüttelte den Kopf. „Das Dein Ex jetzt Hamburger ist!" Er lachte laut.

Ich verdrehte die Augen. „Na ja, es ist nicht lustig verlassen zu werden. Schließlich haben wir uns mal geliebt!"

„Sorry, so habe ich das auch nicht gemeint. Ich bin nur schon so lange Zeit in Dich verliebt. Vielleicht habe ich jetzt eine Chance bei Dir?" antwortete Daniel.

Ich schaute erstaunt zu ihm hoch. „Das habe ich nicht gewusst?" sagte ich.

„Aber jetzt weißt Du es. Du bist eine wundervolle Frau Elena!" Daniel küsste mich wieder leicht auf den Mund.

„Das geht mir alles viel zu schnell!" sagte ich und rückte von ihm ab. „Es tut mir leid Daniel. Ich fahre jetzt doch lieber nach Hause. Ich muss mal allein sein."

Daniel schaute mich erstaunt und enttäuscht an. Dann sagte er leise: „Habe ich etwas falsch gemacht?"

„Nein, aber ich fühle mich etwas überrumpelt. Ich brauche Zeit, um mir darüber klar zu werden, was ich will. Kannst Du das verstehen?" fragte ich.

Er nickte und sagte: „Ich bringe Dich nach Hause. Ist ja schließlich kein Umweg für mich!"

Ich musste lächeln und ließ es zu, dass er meine Hand nahm. Wir gingen zur nächsten Bushaltestelle. Während der Fahrt schwiegen wir Beide. Als wir später im Treppenhaus, jeder vor seiner eigenen Wohnungstür standen, nahm mich Daniel in den Arm.

„Gute Nacht Elena! Schlaf schön!" sagte er und zog seinen Schlüssel aus der Tasche.

„Du auch!" antwortete ich und ging schnell in meine Wohnung. Ich wollte allein sein.

Ich atmete tief durch und ging in die Küche. Ich nahm eine angebrochene Weißweinflasche heraus und schüttete mir den Rest in ein Wasserglas.

Ich trank einen Schluck und warf mich auf meine Couch. Was war das denn heute Abend? Noch am Nachmittag war Daniel mein Nachbar und jetzt hatte er mir seine Liebe gestanden. Ich war mit der Situation überfordert. War ich auch verliebt? Ich konnte es mir nicht beantworten. Zu viele Gedanken überschlugen sich in meinem Kopf. Ich trank den Wein aus und ging ins Badezimmer.

Ich duschte lange. Nachdem ich im Bett lag, konnte ich lange nicht einschlafen. Als ich am Morgen erwachte, hatte ich Kopfschmerzen und fühlte mich wie gerädert. Ich hatte keine Lust zu frühstücken und kochte mir nur einen Kaffee.

Nachdem ich mich angezogen hatte, fuhr ich zur Arbeit. Am Samstagmorgen war das Geschäft schon kurz nach der Ladenöffnung voll.

Meine Kopfschmerzen wurden immer schlimmer. In meiner Frühstückspause ging ich schnell in den Aufenthaltsraum, um eine Kopfschmerztablette zu nehmen. Ich aß ein paar Kekse, die eine Kollegin mitgebracht hatte. Langsam ging es mir besser.

Ich ging zurück in meine Abteilung und räumte ein paar Kleidungsstücke zurück in die Regale, als mich Jemand von hinten ansprach.

„Können Sie mir weiterhelfen?" sagte eine Stimme, die mir bekannt vorkam.

Ich drehte mich um. Vor mir stand Tom!

„Hallo! Wir kennen uns doch von irgendwo her?" sagte er und lächelte.

Ich stotterte etwas, weil ich so überrascht war und sagte dann: „Wir haben uns im Grüngürtel getroffen. Du warst dort mit Deiner Tochter zum Entenfüttern. Ich bin Elena!"

„Ach ja. Das ist ein schöner Zufall!" antwortete Tom. „Ich suche einen Anzug. Ich habe gehört, dass ihr die Musiker der Philharmonie ausstattet?"

„Das stimmt. Die Musiker müssen einheitliche Anzüge tragen. Soll ich sie Dir zeigen?" fragte ich.

Tom nickte. Er folgte mir zu dem Ständer mit den Anzügen, die er suchte.

„Ich habe ab nächsten Monat ein Engagement in der Philharmonie. Bisher war ich erst bei den Proben dabei." Tom lächelte mich an. „Ich bin Pianist!"

Toms Gegenwart machte mich nervös. Als ich ihm den passenden Anzug reichte, berührte seine Hand meine. Ein wohliges Gefühl durchströmte mich.

Ich schaute schnell zu Seite, damit er nicht merkte, was in mir vorging.

„Du kannst ihn dort vorne anprobieren!" sagte ich und zeigte in Richtung der Umkleidekabinen.

Nach einer Weile kam Tom wieder aus der Kabine. Der Anzug passte perfekt und er sah umwerfend gut aus.

„Da sieht man, wenn man von einer Fachverkäuferin beraten wird. Er passt wie angegossen!" Tom strahlte. Seine grünen Augen schauten mich zufrieden an.

„Du siehst toll aus!" sagte ich und wurde gleichzeitig rot.

„Vielen Dank Elena!" sagte Tom und zwinkerte mir zu. Er ging zurück in die Umkleidekabine. Er hatte den Anzug über dem Arm und reichte ihn mir, nachdem er sich wieder umgezogen hatte.

„Ich bringe ihn für Dich zur Kasse. Es war schön Dich wieder gesehen zu haben!" sagte ich.

„Es hat mich auch sehr gefreut. Danke für die gute Beratung." Tom gab mir die Hand. Ich wollte sie gar nicht wieder los lassen.

„Ich wünsche Dir noch einen schönen Tag!" sagte Tom und ging langsam in Richtung der Rolltreppe. Er drehte sich noch einmal kurz um und winkte mir zu.

Ich stand da wie angewurzelt und konnte mich erst wieder bewegen, als er nicht mehr zu sehen war.

Ich musste den ganzen Tag an ihn denken. Auch am späten Nachmittag, als ich endlich Zuhause war. Er ging mir einfach nicht aus dem Kopf.

Ich war nach dem letzten Abend und dem wenigen Schlaf sehr müde und hatte es mir gerade auf der Couch bequem gemacht, als es an meiner Tür klingelte.

Durch den Spion sah ich Daniel vor der Tür stehen.

Ich öffnete langsam und schaute ihn fragend an.

„Hast Du Lust zu mir rüber zu kommen?" fragte er. „Ich habe noch eine Flasche Sekt im Kühlschrank."

„Heute nicht Daniel. Ich bin todmüde. Ein anderes Mal gern!"

Er nickte enttäuscht. „Ich war wohl ein bisschen unsensibel gestern. Das tut mir leid. Ich wollte Dich nicht bedrängen. Du musst die Trennung von Tobias erst mal verarbeiten. Lass Dir einfach Zeit!"

„Ich wünsche Dir einen schönen Abend", sagte ich und schloss die Tür. Ich lehnte mich dagegen und fühlte mich einfach nur durcheinander.

Später wachte ich auf der Couch auf, weil mir kalt war. Ich schaute auf die Uhr. Es war schon früher Morgen. Ich stand auf und ging ins Bett. Ich konnte Tobias Rasierwasser immer noch riechen. Ich weinte leise und schlief bald wieder ein.

Ich wurde vom Gezwitscher der Vögel wach. Die Sonne kitzelte mich an der Nase. Ich hatte lange geschlafen und fühlte mich besser.

Nach dem Frühstück klingelte ich bei Daniel, um ihn zu fragen, ob er mit mir joggen gehen wollte.

Er öffnete und sah noch sehr verschlafen aus.

„Habe ich Dich geweckt? Sorry!" sagte ich schuldbewusst.

Daniel fuhr sich durch die strubbeligen, widerspenstigen Haare. Er blinzelte, weil er weder Brille noch Kontaktlinsen trug.

„Wie spät ist es denn?" fragte er und gähnte.

„Es ist gleich zwölf!" antwortete ich und grinste.

„Ich war gestern doch nochmal unterwegs. Mir ist hier die Decke auf den Kopf gefallen. Es war spät oder früh, wie man es nimmt!" Daniel gähnte erneut.

„Ich wollte Dich nur fragen, ob Du mit mir joggen gehst! Aber ich glaube Du solltest lieber noch weiterschlafen!" Ich drehte mich um und ging zu meiner Wohnungstür.

„Gib mir eine Viertelstunde!" sagte Daniel. Ich geh ins Bad und zieh mich um. Ich klingele gleich bei Dir."

Etwa zwanzig Minuten später klopfte er an meiner Tür. Wir fuhren mit meinem Wagen zum Stadtwald. Daniel machte in seiner Joggingkleidung eine gute

Figur. Für einen Studenten sah er ausgesprochen fit aus.

Wir gingen vom Parkplatz bis zu einer Joggingstrecke, die nicht zu anstrengend war. Ich befürchtete, dass Daniel nach der durchzechten Nacht noch nicht bereit für eine längere Tour war.

Wie ich mir schon gedacht hatte, blieb Daniel schon nach ungefähr fünfhundert Metern das erste Mal stehen und schnaufte.

„Können wir mal eine kurze Pause machen?" fragte er und setzte sich auf eine Bank.

Ich musste grinsen. „Na Herr Doktor! Fit sieht aber anders aus." Ich setzte mich neben ihn.

„Ich habe nur knapp fünf Stunden geschlafen!" antwortete Daniel empört. „Ich geh regelmäßig ins Fitness Studio, aber joggen ist nicht so mein Ding!"

Er rutsche näher zu mir und macht ein bemitleidenswertes Gesicht.

„Die frische Luft wird Dich munter machen. Und danach lade ich Dich zum Essen ein.

Ist das ein Deal?" fragte ich und stupste ihn mit dem Ellenbogen in die Seite.

Daniel küsste mich auf die Wange, sprang auf und rief: „Jetzt auf mit Dir, immer muss ich auf Dich warten!" Er lachte und lief rückwärts.

Fast wäre er gestolpert. Ich kicherte und folgte ihm in meinem üblichen Tempo. Schnell hatte ich ihn eingeholt.

Wir liefen eine Weile im gemächlichen Tempo nebeneinander her, als Daniel plötzlich fragte: „Hast Du einmal über uns nachgedacht?"

Ich schüttelte den Kopf. „Ich mag Dich wirklich sehr Daniel, aber lass es uns doch langsam angehen."

Daniel blieb stehen. Er schaute mich an und nahm mich in den Arm. Es fühlte sich gut an, sich an seine Brust zu schmiegen. Er streichelte durch meine Wuschelmähne und küsste mich auf die Stirn.

Dann nahm er meine Hand. Wir gingen den Rest der Strecke langsam weiter.

„Herr Strauch zieht aus!" sagte Daniel plötzlich, als wir fast schon wieder beim Auto waren.

„Ich weiß!" sagte ich. „Georg zieht ins Seniorenheim. Er kann sich nicht mehr allein versorgen. Die Wohnung ist ja auch viel zu groß für ihn allein. Und die vielen Treppen. Das schafft er nicht mehr."

„Nächste Woche kommt sein Enkel und hilft ihm beim Umzug. Er wird dann mit seiner Familie die Wohnung übernehmen", antwortete Daniel.

„So schnell geht das jetzt? Er wird mir fehlen. Ich mag ihn sehr." Ich seufzte und schloss die Autotür auf.

Daniel nickte. „Es ist aber die richtige Entscheidung. Ich werde ihn ab und zu mal im Heim besuchen."

„Das habe ich auch vor. Wenigstens einmal im Monat." Ich setzte mich auf den Fahrersitz.

„Wir können uns ja abwechseln. Dann hat er immer mal wieder Besuch!" Daniel sah mich fragend an.

„Gute Idee!" Ich ließ den Motor an. „Lass uns Zuhause schnell duschen, dann lade ich Dich zu einer Pizza ein!"

„Gemeinsam duschen! Super!" sagte Daniel und lachte.

„Netter Versuch!" Ich musste auch lächeln. Daniel schaute zu mir herüber. Er schnallte sich an und sagte dann leise: „Vielleicht nicht heute, aber ein anderes Mal?"

Ich tat so, als ob ich es nicht gehört hatte und fuhr vom Parkplatz auf die Hauptstraße.

Nachdem wir uns zuhause frisch gemacht hatten, trafen wir uns eine halbe Stunde später wieder im Treppenhaus.

Da es richtig warm war, hatte ich ein Sommerkleid angezogen. Darüber trug ich eine dünne Strickjacke.

„Du siehst super aus!" sagte Daniel begeistert, als ich meine Wohnungstür abschloss.

„Endlich kann man wieder mal etwas anderes anziehen, als die dicken Pullover und Daunenjacken", antwortete ich und hakte mich bei Daniel ein.

„Ich habe einen Riesenhunger. Sollen wir ins „Rialto" gehen? fragte ich. Das war ein italienisches Restaurant am Ende der Straße, in der wir wohnten. Ich war öfter hier. Manchmal nahm ich mir auch eine Pizza mit nach Hause.

Daniel nickte. „Ich könnte einen Bären verputzen. Ich habe heute noch nicht einmal gefrühstückt. Und dann habe ich auch noch Sport gemacht. Also auf geht's!"

Wir schlenderten die Straße hinunter. Wir sagten Beide nicht viel. Ich hatte das Gefühl, das Daniel mich nicht weiter bedrängen wollte.

Vielleicht war er aber auch einfach nur müde. Ich schaute ihn von der Seite an. Er war sehr attraktiv. Später würde er sicher viele weibliche Patientinnen haben. Auch jetzt schaute ihn eine junge Frau, die uns entgegen kam, lächelnd an. Daniel schien es nicht zu bemerken. Als wir bei der Pizzeria angekommen waren, öffnete Daniel mir die Tür.

Wir hielten Ausschau nach einem freien Tisch. Damiano, der nette Kellner, führte uns zu einem Tisch im hinteren Bereich des Restaurants.

„Ciao Elena. Ich freue mich, dass Du wieder mal hier bist. Wo ist denn Tobias?" fragte er und schaute in Daniels Richtung.

„Tobias ist Geschichte!" sagte ich und zwinkerte ihm zu.

„Was bedeutet das?" fragte Damiano, der nicht genau verstand, was ich meinte.

„Tobias und ich haben uns getrennt", sagte ich stattdessen.

„Oh, das tut mir leid. Aber so eine bella Signorina bekommt schnell einen neuen Mann."

Damiano ging an die Theke und holte die Speisekarten.

Daniel lächelte und sagte leise zu mir: „Die Signorina hat schon einen neuen Mann gefunden. Jedenfalls einen Verehrer."

Ich bestellte bei Damiano zwei Lambrusco und dann stöberte ich in der Speisekarte. Ich wollte nicht weiter darauf eingehen.

Daniel und ich entschieden uns beide für eine Pizza.

„Sollen wir demnächst öfter zusammen joggen gehen? Ich bin doch nicht so fit wie ich gedacht habe!" Daniel grinste mich über den Tisch an.

„Das können wir gern machen. Tobias wollte nie mit mir laufen. Er meinte immer, es sei ihm zu langweilig", antwortete ich. Ich freute mich wirklich, wenn ich demnächst nicht mehr allein joggen musste.

„Dann ist es abgemacht." Daniel gab mir feierlich die Hand.

Plötzlich tippte mir Jemand auf die Schulter. Es war meine Kollegin Sabine mit ihrem Mann Klaus. Ich stand auf und begrüßte die Beiden. Sabine schielte die ganze Zeit auf Daniel und flüsterte mir ins Ohr:

„Wer ist das denn? Der sieht ja aus wie der jüngere Bruder von Brad Pitt. Du hast aber auch ein Glück!"

Ich musste lachen und stellte den Beiden Daniel vor.

Ich sagte, dass er ein guter Freund und Nachbar sei. Daniel schaute mich an, als wollte er sagen: „Nicht mehr, nur ein guter Freund?"

Sabine fragte, ob sie und Klaus sich zu uns setzen dürften. Daniel sagte: Ja, klar!" Man sah ihm aber an, dass er lieber mit mir allein geblieben wäre.

Unsere Pizza wurde gebracht. Sabine und Klaus bestellten ebenfalls ihre Speisen. Als ihre Getränke gebracht wurden, prosteten wir uns zu.

Sabine, die schon immer vorlaut war, sagte lachend: „Auf Dich und Deine neu gewonnene Freiheit. Tschüss Tobias!"

Daniel lächelte und stieß sein Glas gegen das von Sabine. „Darauf trinke ich auch gern!"

Beide grinsten mich an. Ich wurde rot und trank schnell einen Schluck Lambrusco.

Wir unterhielten uns angeregt. Klaus und Daniel hatten ein gemeinsames Thema, den Fußball. Sabine plante schon in Gedanken meine Hochzeit mit Daniel. Für sie war klar, dass ich mir so einen gutaussehenden Mann, der einmal Arzt sein würde, nicht entgehen lassen durfte. Zwischendurch warf sie Klaus einen vielsagenden Blick zu. Mir wurde es langsam peinlich.

„Du hast doch ab nächste Woche Urlaub! Da könnt ihr Beiden doch gemeinsam etwas unternehmen!" sagte Sabine, als Daniel einmal zu mir herüberschaute. Er lächelte Sabine an. Er hatte in ihr eine Kupplerin gefunden.

Die Beiden waren sich einig, dass ich die Richtige für Daniel war. Ich stöhnte und verdrehte die Augen.

Es wurde trotzdem ein schöner Abend. Wir unterhielten uns lange und lachten viel. Wir waren alle erstaunt, als Damiano uns einen Schnaps hinstellte und dann sagte: „Scusi, ich muss Euch die Rechnung bringen. Wir schließen bald!"

Eigentlich wollte ich Daniel einladen, aber Klaus übernahm die gesamte Rechnung. Die Männer machten aus, dass wir uns bald mal wieder treffen sollten. Ich umarmte Sabine und Klaus.

Wir verabschiedeten uns vor der Tür. Sabine flüsterte mir noch einmal ins Ohr: „Wenn ich nicht mit Klaus zusammen wäre, dann würde ich Daniel anmachen. Der Typ ist richtig nett!"

Ich nickte und drückte sie noch einmal.

„Schönen Urlaub. Erhol Dich gut!" sagte sie noch und dann gingen die Beiden in Richtung Straßenbahnhaltestelle.

Daniel und ich schlenderten die Straße hinunter. Er hatte den Arm leicht um mich gelegt. Wir schwiegen Beide. Ich war plötzlich sehr müde.

Daniel blieb auf einmal stehen. Er nahm mein Gesicht in seine Hände und küsste mich leicht auf die Lippen.

„Es war sehr schön heute Abend. Sabine und Klaus sind echt nett."

„Ich habe schon gemerkt, dass Du und Sabine auf einer Welle surft!" Ich musste lächeln. „Sie will uns verkuppeln!"

„Da rennt sie bei mir offene Türen ein!" flüsterte Daniel und küsste mich noch einmal intensiver. Er strich mir eine meiner widerspenstigen Locken aus der Stirn. Ich musste zugeben, dass es mir sehr gefiel, wenn er so zärtlich zu mir war. Diese körperliche Nähe machte mich aber nervös. Mir gingen noch viel zu viele Dinge durch den Kopf. Nachdem Tobias mich so abserviert hatte, konnte ich mich noch nicht gleich wieder einem Mann öffnen. Ich war zu enttäuscht.

Daniel schloss die Eingangstür auf und ließ mich ins Haus.

Wir verabschiedeten uns vor der Wohnungstür. Ich gab Daniel noch einmal einen Kuss auf die Wange. Er schaute etwas enttäuscht, ging aber ohne ein weiteres Wort in seine Wohnung.

In der nächsten Woche hatte ich Urlaub. Ich räumte die Wohnung mal wieder richtig auf und machte Frühjahrsputz. Dann nahm ich mir meinen Kleiderschrank vor und sortierte Kleidung aus, die ich sowieso nicht mehr trug. Ich stopfte alles in einen großen Müllsack. Ganz hinten im Schrank entdeckte ich ein Hemd von Tobias. Ich drückte es an meine Nase, aber es roch nur noch nach Waschpulver. Tobias hatte es nicht mitgenommen, weil es vom Bügel gerutscht war. Er hatte es übersehen. Ich seufzte tief und steckte es dann entschlossen ebenfalls in den Müllsack.

Ich schleppte den Sack ins Treppenhaus. Ich wollte ihn später in einem Sammel-Container in der Nähe der Wohnung entsorgen.

Die Tür nebenan öffnete sich und Georg Strauch schaute hinaus.

„Hallo Elena, hast Du Zeit für einen Kaffee?" fragte er.

„Ja gern Georg. Ich komme gleich zu Dir!" Ich ging noch einmal in meine Wohnung und wusch mir die Hände.

Dann kämmte ich meine Mähne, die mal wieder kaum zu bändigen war und klingelte kurz darauf bei Georg.

„Komm rein!" sagte er und schlurfte vor mir in Richtung Küche. Er hatte schon den Tisch gedeckt. Es standen allerdings drei Tassen und Teller auf dem Tisch.

„Mein Enkel Thomas kommt gleich auch noch. Er wird doch Dein neuer Nachbar. Dann könnt ihr Euch schon einmal kennen lernen!" sagte Georg und lächelte.

„Ich kenne ihn nur noch als kleinen Jungen", antwortete ich. „Er ist ja dann mit seinen Eltern in den Schwarzwald gezogen!"

„Das war damals schlimm für meine Frau und mich!" Georg seufzte. „Aber mein Sohn hatte in Freiburg einen guten Job bekommen. Leider haben wir uns danach nur noch selten gesehen. Als wir noch jünger waren, sind Elsa und ich oft in den Schwarzwald gefahren. Mein Sohn und seine Familie waren auch ab und zu hier. Ihr habt Euch aber nie mehr getroffen, glaube ich?"

„Das stimmt!" sagte ich. „Ich bin gespannt wie Thomas heute aussieht."

Georg schüttete mir schon einen Kaffee ein, als es an der Tür klingelte.

„Ich mache schon auf!" sagte ich und ging zur Wohnungstür. Ich öffnete und wurde dann rot bis in die Haarspitzen. Vor der Tür stand Tom!

„Was machst Du denn hier?" fragte ich total überrascht.

„Ich wollte zu meinem Großvater. Und Du?" sagte Tom und grinste.

„Ich bin die Nachbarin! Du bist Thomas?" Ich verstand jetzt erst, dass Tom nur sein Rufname war. Ich war wie vor den Kopf geschlagen.

„Darf ich reinkommen?" fragte Tom jetzt leise. Ich stand immer noch wie angewurzelt im Türrahmen und ging jetzt schnell zur Seite.

„Natürlich. Entschuldige, aber ich bin nur so überrascht."

„Du kamst mir von Anfang an sehr bekannt vor. Vor allem dein blonder Wuschelkopf!" sagte Tom und ging dann auf seinen Opa zu. Er drückte ihn fest und fragte: „Wie geht es Dir Opa? Bist Du schon aufgeregt wegen dem Umzug?"

Georg nickte und sagte dann traurig: „Es war die richtige Entscheidung, aber es fällt mir sehr schwer!"

Ich hatte mich etwas gefangen und setzte mich wieder an den Tisch. Meine Hände zitterten. Tom war bald mein Nachbar und wir würden uns dann öfter sehen. Aber er zog ja nicht allein ein. Er war verheiratet und hatte eine Tochter.

Tom hatte Kuchen mitgebracht, den verteilte er jetzt auf unsere Teller. Dann setzte er sich mir gegenüber an den Tisch. Ich hatte mich langsam wieder beruhigt. Aber trotzdem war ich in Toms Nähe befangen. Und in diesem Moment wusste ich auch warum. Ich hatte mich in ihn verliebt! Und etwas anderes wurde mir auch bewusst. Es war hoffnungslos. Tom hatte eine Familie. Also sollte ich ihn mir schnellstens aus dem Kopf schlagen.

„Ihr werdet Euch sicher gut vertragen!" sagte jetzt Georg und schaute uns Beide abwechselnd an. „Valeria kann leider kaum Deutsch. Das muss sie bald lernen. Sie will ja sicher nicht nur den ganzen Tag mir Chiara im Haus bleiben?" Die Frage hatte er in Richtung Tom gestellt.

Ich hatte das Gefühl, dass Georg Toms Frau nicht besonders leiden konnte. Aber vielleicht täuschte ich mich auch.

„Sie muss sich erst einmal einleben. Es ist nicht leicht für sie. Valeria wollte eigentlich nicht nach Deutschland. Sie ist nur mir zuliebe mitgekommen", sagte Tom, Man sah ihm an, dass er ein schlechtes Gewissen hatte.

„Es ist nicht leicht in ein anderes Land zu gehen. Und wenn man die Sprache nicht spricht, wird es noch schwerer. Aber Deine Frau wird sich schon einleben. Manch einer braucht eben länger!" antwortete ich.

Tom nickte und lächelte mich an.

„Wann ziehst Du mit Deiner Familie ein?" fragte ich ihn jetzt direkt.

„Am Wochenende zieht Georg ins Seniorenheim. Dann werde ich noch etwas renovieren. Ich denke, dass wir im nächsten Monat einziehen!"

Georg schüttete uns noch einen weiteren Kaffee ein. Er sah bekümmert aus.

„Daniel und ich werden Dich regelmäßig besuchen!" sagte ich jetzt an ihn gerichtet. „Das ist fest versprochen!" Ich lächelte ihn an und seine Mine heiterte sich sofort auf.

„Ist Daniel Dein Freund?" fragte Tom.

„Er ist ein Freund und außerdem bald Dein anderer Nachbar, der auch auf dieser Etage wohnt!" antwortete ich.

Wir unterhielten uns noch eine Weile, dann verabschiedete ich mich von Georg und Tom.

„Ich muss mal wieder los!" sagte ich. „Ich will noch eine Runde joggen. Bestell Deiner Frau einen Gruß und drück Chiara von mir!"

Tom ging mit mir an die Tür. „Ich freue mich sehr, dass Du unsere Nachbarin wirst. Wir sehen uns!" sagte er.

Ich winkte Georg noch von der Tür aus zu und ging ohne ein weiteres Wort in meine Wohnung.

Als ich die Tür hinter mir geschlossen hatte, merkte ich erst, wie meine Knie zitterten. Ich hatte ein Problem. Und das zog in Kürze in die Wohnung nebenan!

Am Abend saß ich in meiner sauber geputzten Wohnung. Ich wusste schon an meinem ersten Urlaubstag nichts mehr mit mir anzufangen. Eigentlich wollten Tobias und ich wieder nach Holland fahren. Von Köln aus war man in ein paar Stunden schnell in Zeeland und am Meer.

Ich hatte eigentlich keine Lust allein dorthin zu fahren. Ich wollte aber auch nicht die ganze Zeit allein in der Wohnung hocken. Ich hatte nur ein altes klappriges Auto. Damit wollte ich nicht fahren. Tobias hatte seinen Wagen natürlich mitgenommen. Es wäre am einfachsten einen Wagen zu mieten. Ich setzte mich an den Computer und suchte nach günstigen Autovermietungen. Ich wurde bald fündig und entschloss mich, doch nach Holland zu fahren. Ich musste lernen allein zurecht zu kommen. Und die frische Brise an den holländischen Stränden würde mir gut tun.

Das Appartment war gebucht, wenn ich absagen würde, müsste ich es sowieso bezahlen. Also stand meine Entscheidung fest.

Ich klingelte bei Daniel und fragte ihn, ob er ein paar Tage nach dem Rechten schauen könnte. Ich bat ihn nach meiner Post zu schauen und meine Blumen zu gießen.

Daniel saß zwischen einem riesigen Berg von Papieren, Büchern und Notizen. Man merkte, dass sich sein Studium dem Ende neigte.

„Du willst allein nach Holland fahren?" fragte er erstaunt. „Mit Deiner alten Kiste?"

„Ich habe für ein paar Tage einen Wagen gemietet. Ich muss mal hier raus. Morgen geht es los. Die frische Meeresluft wird mir gut tun!"

„Ich könnte mitkommen. Ich brauche auch mal Abstand von den Büchern. Mir qualmt der Kopf!" sagte Daniel hoffnungsvoll.

„Ich habe aber nur ein kleines Appartment gebucht. Es gibt nur ein Schlafzimmer!" sagte ich und überlegte, ob ich ihn wirklich mitnehmen wollte.

„Gibt es dort eine Couch? Ich würde dann dort schlafen. Wir teilen uns die Kosten für das Appartment. Dann wird es nicht so teuer für Dich!" Daniel lächelte mich fragend an.

Ich überlegte kurz. Eigentlich war das keine schlechte Idee.

Aber mit Daniel ein paar Tage in einem kleinen Appartment zu verbringen, stellte ich mir kompliziert vor.

„Ich werde auch ganz brav sein!" sagte Daniel jetzt und grinste vielsagend.

„Okay, meine Blumen und die Post können ein paar Tage ohne uns auskommen. Kannst Du denn so einfach weg? Hast Du keine Vorlesungen?" wollte ich wissen.

„Die kann ich ausfallen lassen. Ich bereite mich jetzt nur noch auf mein Praktikum vor. Das kann auch ein paar Tage warten!" Daniel deutete auf den Berg seiner Unterlagen auf und neben dem Schreibtisch.

Ich war hin und hergerissen von der Idee, dass Daniel mit nach Holland kommen wollte. Es würde bestimmt zu zweit schöner sein, aber ich hatte auch die Befürchtung, das Daniel keine Gelegenheit auslassen würde mit mir zu flirten oder mich zu verführen. Denn in meinem Kopf spukte Tom herum. Aber das war hoffnungslos. Ich sollte vernünftig sein. Ich seufzte leise.

„Und, was ist? Sollen wir uns ein paar schöne Tage am Meer machen?" fragte Daniel.

„Dann fang an zu packen!" sagte ich. „Aber eins muss klar sein. Wir machen den Urlaub als Freunde. Es wird kein Liebesurlaub!"

Daniel verdrehte die Augen.

„Alles klar Frau Nachbarin. Manchmal bist Du eher ein Teufelchen als ein Engel!" Er lachte.

„Ich freue mich sehr. Wann soll ich Dich morgen abholen?" fragte er und nahm mich in den Arm.

„Ich kann morgen früh das Auto abholen. Ich denke ich klingele gegen neun Uhr bei Dir. Dann geht's los. Ich freue mich auch. Warst Du schon einmal in Holland?"

„Ich bin zwar an der Ostsee geboren, aber an der Nordsee war ich noch nicht! Wir werden Spaß ohne Ende haben!" Er zwinkerte mir vielsagend zu. Jetzt stöhnte ich und ging zur Tür.

„Bis morgen früh. Ich habe das Appartment für eine Woche gemietet. Also gieß nochmal Deine Blumen!"

„Mache ich!" sagte Daniel und warf mir eine Kusshand zu.

Ich ging noch einmal zu Georg hinüber und verabschiedete mich erst einmal von ihm. Er würde in meiner Urlaubswoche in das Seniorenheim umziehen.

Nachdem ich Georg fest gedrückt hatte, versprach ich ihm noch einmal, dass ich ihn regelmäßig besuchen wollte.

Als ich schon an der Wohnungstür stand, sagte Georg plötzlich: „Elena, bist Du in Thomas verliebt?"

Ich zuckte zusammen. „Wie kommst Du darauf?" fragte ich ihn.

„Ich kann zwar nicht mehr so gut sehen, aber ich bin ziemlich sicher, dass Du ihn zumindest sehr magst!"

„Du hast Recht. Aber ich weiß ja, dass er verheiratet ist. Ich muss ihn mir aus dem Kopf schlagen", antwortete ich ehrlich.

„Die Liebe nimmt manchmal seltsame Umwege!" sagte Georg und lächelte mir zu.

Ich verstand nicht so genau was er meinte, aber ich nickte.

„Mach es gut Georg. Ich wünsche Dir, dass es Dir in Deinem neuen Zuhause gut geht. Bis bald!"

Georg hob die Hand und winkte mir zu.

„Bis bald Elena. Pass auf Dich auf!"

Wieder zurück in meiner Wohnung suchte ich im Kleiderschrank nach den Sachen die ich mitnehmen wollte. Jeans und ein paar T-Shirts, ein Kleid und zwei dicke Pullover hatte ich schon auf das Bett gelegt. Eine Regenjacke war an der Nordseeküste immer wichtig. Jetzt suchte ich noch Dinge aus dem Badezimmer zusammen und packte sie in den Kulturbeutel.

Zuletzt legte ich noch meine Unterwäsche und einen Pyjama oben auf den Koffer. Das sollte für die paar Tage reichen.

In einem Rucksack verstaute ich noch meine Kamera und die Reiseunterlagen.

Ich schleppte den Koffer in den Flur und legte den Rucksack oben drauf. Dann nahm ich mir eine Flasche Bier aus dem Kühlschrank und machte es mir vor dem Fernseher gemütlich.

Morgen wollte ich in aller Frühe den Mietwagen abholen. Dass Daniel mitkam, machte mich doch froh. Es war zwar eine Herausforderung mit Jemanden, den man eigentlich gar nicht richtig kannte, eine kleine Ferienwohnung zu teilen, aber allein zu verreisen war auch keine richtige Alternative.

In der Nacht schlief ich unruhig. Ich träumte, dass Tobias in der Ferienwohnung auf mich wartete und mir wegen Daniel eine Riesenszene machte. Als ich aufwachte, klopfte mein Herz wie wild. Warum hatte ich ein schlechtes Gewissen? Tobias war weg und keinen weiteren Gedanken mehr wert. Auch nicht im Traum. Ich schaute auf die Uhr. Es war kurz vor sechs. Ich wälzte mich noch eine Zeitlang hin und her. Um halb Sieben stand ich auf, weil mir klar war, dass ich doch nicht mehr schlafen konnte. Ich hatte Reisefieber.

Der Kühlschrank war fast leer, weil ich wegen des Kurzurlaubs nichts mehr eingekauft hatte. Ich kochte noch schnell einen Kaffee und ging dann ins Badezimmer. Ich duschte lange und legte ein leichtes Makeup auf. Als ich meine Zahnbüste zurück in den Kulturbeutel legte, klingelte es an der Tür.

Daniel schwenkte eine Brötchentüte vor meiner Nase und kam pfeifend in meine Wohnung.

„Ich habe uns belegte Brötchen besorgt. Den Kaffee habe ich schon bis in meine Wohnung gerochen." sagte Daniel. Er war ausgesprochen guter Laune.

Ich holte Teller und zwei Kaffeebecher aus dem Küchenschrank. Daniel legte auf jeden Teller ein Käsebrötchen. Ich goss uns Kaffee ein.

„Ich habe wenig Appetit wenn ich in Urlaub fahre. Ich bin dann immer aufgeregt." Ich schaute besorgt in Daniels Richtung. „Und Autofahren auf der Autobahn ist auch nicht meine Stärke!"

„Dann lass mich doch fahren. Ich brauche mal wieder Praxis. Ich fahre seit einem Jahr nur mit dem Fahrrad zur Uni oder mit dem Zug zu meinen Eltern." Daniel schaute mich fragend an.

„Das wäre super!" sagte ich erleichtert.

Daniel tätschelte meine Hand. „Und ich bin dann auch sicher, dass wir an einem Stück in Holland ankommen!" antwortete er und grinste.

„Na besten Dank für das Kompliment!" sagte ich entrüstet, war aber froh, dass ich nicht fahren musste.

Daniel verkniff sich eine Antwort. Ich sah aber, dass er schmunzelte. Ich streckte ihm die Zunge heraus.

Daniel biss herzhaft in das Brötchen. Ich knabberte an meinem und trank den heißen Kaffee in kleinen Schlucken. Da ich es kaum noch abwarten konnte loszufahren, drängte ich Daniel seinen Kaffee auszutrinken.

„Engelchen mach nicht so einen Stress. Ich hole gleich nur schnell noch meine Reisetasche und dann starten wir in einen wunderschönen Urlaub."

Er lächelte mich unwiderstehlich an. Er war schon ein Charmeur. Seine Haare standen wie immer in alle Himmelsrichtungen ab und machten ihn irgendwie noch attraktiver. Er hatte gemerkt, dass ich ihn gemustert hatte und grinste frech.

„Zufrieden mit der Wahl der Urlaubsbegleitung?" fragte er.

„Ich wollte eigentlich lieber Georg mitnehmen, aber der hatte keine Zeit!" antwortete ich frech.

Daniel stand auf und kam um den Tisch herum. Er zog mich vom Stuhl und schaute mir tief in die Augen. Dann näherte er sich mit seinem Mund meinen Lippen. Und kurz bevor er mich küssen wollte, überlegte er es sich anders und sagte leise:

„Einen Kuss hast Du Dir für Deine Frechheiten nicht verdient! Überleg Dir mal, wie Du das wieder gut machen kannst!" Er lachte laut und ließ mich wieder los.

Ich zuckte die Schultern und räumte den Tisch ab. Ich spülte das Geschirr und schickte dann Daniel in seine Wohnung, damit er seine Reisetasche holen sollte. Zehn Minuten später schleppte er dann seine Sachen und meinen Koffer die Treppe hinunter.

„Was hast Du denn alles eingepackt. Das fühlt sich an, als ob Georg doch mit im Koffer wäre!" Daniel lachte laut.

„Nur das Nötigste!" antwortete ich. Das was Frau eben für ein paar Tage braucht." Ich schielte auf die kleine Reisetasche von Daniel.

„Da passt echt viel rein. Ein echtes Raumwunder!" sagte Daniel, der meinen Blick bemerkt hatte.

Wir fuhren mit dem Bus bis zu der Autovermietung. Der junge Mann im Büro ließ uns die Unterlagen unterschreiben und gab uns noch eine Einweisung für das Auto, das ich gemietet hatte. Es war ein knallblauer Kleinwagen. Daniel nahm den Schlüssel in Empfang und warf seine Reisetasche in den Kofferraum. Dann hob er mit einer theatralischen Geste meinen Koffer hoch und tat so, als ob er einen Schrank anheben musste.

Der Angestellte der Autovermietung lachte und wünschte uns eine gute Fahrt.

Als Daniel den Wagen vom Hof fuhr schaute er zu mir hinüber und sagte: „Danke das Du mich mitnimmst. Ich freue mich auf die Tage am Meer!"

„Ich brauchte einen billigen Chauffeur!" antwortete ich und lächelte. Daniel reizte mich dazu, ihn zu necken. Er schaute jetzt entrüstet.

„Nein, das war Spaß. Ich freue mich, dass ich nicht allein reisen muss. Das war noch nie mein Ding."

Daniel war ein guter Fahrer. Er lenkte den Wagen ruhig und entspannt in Richtung Autobahn. Nach einer Weile angelte ich meinen Rucksack von der Rückbank. Ich hatte eine Thermoskanne mit Kaffee mitgenommen und goss uns jetzt einen Becher voll.

„Möchtest Du auch einen Schluck?" fragte ich Daniel und reichte ihm den Becher.

„Danke Engelchen!" sagte er. Als er mir den Becher zurückgab, berührten seine Finger meine Hand. Das war ein sehr zärtlicher Moment. Ich fühlte mich in Daniels Gegenwart sehr gut. So langsam entspannte ich mich. Die Landschaft flog an uns vorbei. In Kürze würden wir an der holländischen Grenze sein. Der Himmel war strahlend blau. Es sah aus, als ob wir ein paar schöne frühlingshafte Tage für den Urlaub bekommen würden.

„Wenn Engel reisen, lacht der Himmel!" sagte Daniel, als ob er meine Gedanken erraten hätte.

Nach einer weiteren Stunde fuhren wir von der Autobahn ab. Die Landschaft hatte sich jetzt sehr verändert. Alles war flach und man konnte kilometerweit schauen. Es gab die typischen gardinenlosen Backsteinhäuser mit den kleinen Vorgärten. Irgendwie konnte man schon das Meer riechen.

„Es ist nicht mehr weit. Wir müssen uns jetzt Richtung Vlissingen halten. Das ist der nächste größere Ort. Unsere Appartment liegt direkt hinter dem Deich in einem kleinen Ferienort", sagte ich. Es konnte mir jetzt gar nicht mehr schnell genug gehen.

Nach einer weiteren Stunde hatten wir unser Ziel erreicht. Ich musste den Schlüssel zu dem Appartment noch an der Touristeninformation in der Ortsmitte abholen.

Daniel wartete im Auto. Die junge Frau an der Rezeption des Informationsbüros konnte etwas Deutsch. Sie gab mir den Schlüssel und ein paar Broschüren, Informationsmaterial über Aktivitäten im Ort und Umgebung sowie einen Lageplan der Ferienwohnung.

Ich stieg wieder zu Daniel in den Wagen und lotste ihn zu unserem Feriendomizil.

„Das sieht ja aus wie ein Vogelhäuschen!" sagte Daniel, als wir vor dem Appartment parkten. „Da werden wir es kuschelig haben!"

Ich öffnete die Autotür und stieg mühsam aus.

„Das ist ja ganz entzückend!" sagte ich begeistert.

Ich ging zur Eingangstür und steckte den Schlüssel in das Schloss. Gespannt sperrte ich auf.

Das kleine Häuschen direkt am Meer bestand aus einem großen Wohnzimmer mit einer offenen Einbauküche. Es gab ein schönes, modernes Bad mit Dusche und ein kleines gemütliches Schlafzimmer mit einem Doppelbett. Im Wohnbereich gab es eine große Couch, die man tatsächlich zum Bett umfunktionieren konnte.

Ich nickte zufrieden. Daniel stand hinter mir und schaute in den kleinen Flur. „Was ist das denn für eine Tür?" fragte er und öffnete sie auch gleich. Dann lachte er laut. „Du hast die Beschreibung des Apartments ja nicht besonders genau gelesen!" sagte er. Er winkte mich zu sich.

Ich kam näher und schaute in den kleinen Raum. Es gab tatsächlich noch einen weiteren Schlafraum. Hier stand zwar nur ein einzelnes Bett, aber man konnte den Raum abschließen. Dann brauchte Daniel nicht auf der Couch zu schlafen.

„Erstaunlich was alles in das Vogelhäuschen hineinpasst!" Daniel grinste.

„Aber am schönsten ist die kleine Terrasse und die Nähe zum Meer!

Komm lass uns die Sachen hineintragen und dann lassen wir uns die Seeluft um die Nase wehen!" antwortete ich und strahlte.

Hier war es wirklich sehr schön. Endlich Urlaub!

Ich nahm meinen Koffer und brachte ihn in mein Schlafzimmer. Daniel bog in das andere Zimmer ab und warf seine Reisetasche auf das Bett.

Dann setzte er sich auf das Bett und wippte auf der Matratze um festzustellen, ob es bequem war.

Ich schaute zu ihm hinüber und musste lächeln.

„Willst Du auch mal testen wie meine Matratze ist? Dann kannst Du Dich entscheiden, ob Du nicht doch lieber hier bei mir schlafen möchtest!" sagte Daniel und streckte sich auf dem Bett aus.

„Hier bei Dir oder mit Dir?" fragte ich, weil ich ihn provozieren wollte.

Daniel setzte sich kerzengerade auf. „Ist das eine Option?" fragte er gespannt.

„Nein, ein Scherz!" sagte ich und zwinkerte ihm zu.

„Du bist gemein!" sagte er. „Das ist seelische Grausamkeit. Kleines Biest!" Aber er lächelte dabei, weil er wusste, dass ich ihn nur ein bisschen aufziehen wollte.

Es war sonnig, aber kühl, deshalb zog ich meine Regenjacke über. Dann suchte ich nach einem Einkaufskorb. Hinter einer Tür wurde ich fündig.

„Ich gehe jetzt mal in den kleinen Supermarkt, an dem wir eben vorbeigefahren sind. Kommst Du mit?" fragte ich Daniel.

„Ja klar. Wir brauchen ein paar Lebensmittel, damit wir morgen gemütlich frühstücken können. Ich bin dabei!" Er sprang auf, zog eine knittrige Jacke aus seiner Reisetasche und folgte mir nach draußen.

Wir schlenderten eine Weile in Richtung der Ortsmitte. Wir begegneten Spaziergängern die zum Meer gingen und mussten ein paar Mal den vielen Radfahrern ausweichen. Eine junge Frau klingelte, als sie an uns vorbeifuhr und lächelte Daniel an. Der grinste verlegen und fuhr sich durch seine Haare, die dadurch noch mehr abstanden.

Ich musste schmunzeln, aber ich verspürte auch so etwas wie Eifersucht. Ich verwarf den Gedanken schnell, weil wir an dem Supermarkt angekommen waren. Wir kauften Brot, Obst, Wurst und Käse für das Frühstück und nahmen auch eine Flasche Sekt mit. Daniel warf zwei Tafeln Schokolade in den Korb und sagte schuldbewusst: „Ich weiß, man soll nicht so viel Süßes essen, aber ich bin süchtig nach Schokolade. Das ist mein einziges Laster!"

„Ich esse kaum Süßigkeiten. Ich mag lieber herzhafte Dinge. Also keine Sorge, dann essen wir uns gegenseitig nichts weg." Ich musste grinsen.

Später schleppten wir die Einkäufe nach Hause und räumten die Lebensmittel in den Kühlschrank.

Die Schokolade nahm Daniel gleich aus dem Korb und öffnete sie. Er nahm sich einen Riegel und stopfte ihn in den Mund. Dann verdrehte er genüsslich die Augen und sagte laut: „Ich war unterzuckert. Ich bin Arzt. Ich weiß was gut für mich ist!"

„Faule Ausrede!" antwortete ich und ließ mich neben ihn auf die Couch plumpsen.

Ich ruhte mich eine Weile an Daniels Schulter aus, dann stand ich auf und ging in mein Zimmer.

„Ich werde mal auspacken und dann duschen. Wollen wir später noch an den Strand gehen?" fragte ich.

„Das machen wir. Ich habe eine Idee. Wir nehmen den Sekt mit und stoßen auf den Urlaub an. Bis gleich!" Daniel stand auf und ging ebenfalls in sein Zimmer.

Meine Kleidungsstücke hatte ich schnell im Schrank verstaut. Ich ließ mich auf das Bett fallen, um kurz zu verschnaufen. Mit der kleinen Ferienwohnung hatten wir richtig Glück gehabt. Sie war schön eingerichtet und urgemütlich. Außerdem war die Nähe zum Strand und zur Fußgängerzone ideal.

Ich wurde wach, weil mich Jemand zärtlich küsste. Als ich die Augen aufschlug, musste ich mich erst einmal orientieren.

So langsam realisierte ich, dass ich über das Verschnaufen eingeschlafen war. Daniel beugte sich über mich und lächelte.

„Ich habe geklopft, als ich vorhin damit fertig war meine Klamotten einzuräumen. Du hast nicht reagiert, da habe ich durch den Türspalt geschaut und gesehen, dass Du eingeschlafen bist. Jetzt solltest Du aber mal aufstehen, damit wir noch an den Strand gehen können. Die Sonne ist bald weg!"

Daniel stand auf und zog mich hoch. Ich schickte ihn aus dem Zimmer, weil ich mich umziehen wollte.

Ich zog eine saubere Jeans und einen Pullover an und nahm meine Windjacke mit ins Wohnzimmer. Daniel saß schon fix und fertig auf der Couch und hatte die Flasche Sekt im Korb neben sich stehen.

„Let´s go!" sagte ich und schlenderte zur Tür. Daniel kam mit dem Korb hinter mir her.

Der schmale Weg hinter der Ferienwohnung führte in kurzer Zeit über den Deich. Nach fünf Minuten standen wir am Strand. Die Flut hatte gerade eingesetzt und das Wasser bahnte sich wieder den Weg zurück.

Wir gingen etwa zweihundert Meter weiter bis zu einer Stelle, wo wir uns niederlassen wollten. Von hier aus hatten wir Sicht auf einen kleinen Hafen. Hier hatten zwei Fischkutter festgemacht. Daniel hatte eine Decke mitgenommen, die er jetzt auf der Wiese am Deich ausbreitete.

Wir setzten uns auf die Decke und schauten erstmal ein paar Minuten in die Ferne. Ein Containerschiff nahm Kurs auf den Hafen von Antwerpen. Von hier aus war es nicht mehr weit bis Belgien. Ich schloss die Augen und genoss die milde Brise, die mir ins Gesicht blies.

Ich hörte wie Daniel neben mir die Sektflasche entkorkte. Ich drehte mich zu ihm um.

Er lächelte und reichte mir ein Glas, das er aus der Ferienwohnung mitgenommen hatte. Er nahm sich ein weiteres Glas und prostete mir zu: „Auf einen schönen Urlaub. Es ist wundschön hier. Prost Engelchen!"

Ich nickte und stieß mit ihm an. Nachdem ich einen Schluck getrunken hatte, merkte ich, dass ich großen Hunger hatte. Der Alkohol stieg mir direkt in den Kopf.

Daniel war vorausschauender als ich gewesen und hatte einen Teil der Lebensmittel eingepackt, die wir am Nachmittag gekauft hatten. Er packte ein Baguette aus und riss Stücke davon ab. Den Käse und Weintrauben legte er zwischen uns auf die Decke.

„Du bist ein super Mitreisender!" sagte ich und griff nach dem Brot. „Du denkst an alles!"

Daniel schnitt ein Stück Käse für mich ab und hielt es mir hinüber.

„Mitreisender! Wie hört sich das denn an. Waren wir nicht schon weiter? Oder lässt Du Dich von jedem Mitreisenden küssen?" Er grinste und schob sich eine Weintraube in den Mund.

Ich lächelte ihn an, sagte aber nichts. Stattdessen biss ich in das Baguette. Ich hielt Daniel das Glas hin und wir stießen noch einmal an. So langsam fiel der Stress der letzten Wochen von mir ab.

Als ich satt war, trank ich den letzten Rest aus meinem Glas. Ich stellte es zurück in den Korb und streckte mich auf der Decke aus. Die Sonne wärmte noch etwas, aber trotzdem wurde es langsam kühler.

Daniel schaute in die Ferne. Er hatte ein markantes Profil. Seine wuscheligen Haare wurden vom Wind zerzaust. Ich fühlte mich sehr wohl in seiner Nähe.

Er hatte gespürt, dass ich ihn beobachtete und schaute jetzt zu mir hinunter. Dann beugte er sich zu mir und flüsterte: „Elena, ich bin so glücklich wie lange nicht mehr."

Er streichelte über meine Haare und spielte dann mit einer Locke.

„Wir passen mit unseren Wuschelköpfen doch ideal zusammen. Ein dunkler und ein blonder Schopf vom Winde verweht!" Daniels Gesicht kam immer näher. Dann küsste er mich ganz kurz auf den Mund und richtete sich wieder auf.

Ich schloss die Augen und genoss noch eine Weile diesen schönen Augenblick zwischen uns Beiden. Ich war hin und hergerissen zwischen der Vorstellung, das mehr aus Daniel und mir werden würde und dem Wunsch, dass Tom und ich einmal zusammen sein könnten. Ich war wütend auf mich selbst, weil Tom mir nicht aus dem Kopf ging.

Mir wurde kalt. Ich stand auf und fragte Daniel: „Sollen wir wieder zurück gehen. Es ist ziemlich frisch geworden!"

Daniel nickte. Wir packten unsere Sachen zurück in den Korb. Ich legte die Decke zusammen. Dann schlenderten wir Hand in Hand den Weg zurück. An der Treppe, die wir den Deich hinunter laufen mussten, stand ein Schild.

„Fahrräder zu vermieten. In hundert Metern rechts bei Familie van Dijk"

„Sollen wir morgen eine Radtour machen?" fragte ich Daniel.

„Sehr gerne. Das Wetter soll morgen auch sonnig werden. Ich habe mich schon im Internet schlau gemacht!" Er zwinkerte mir zu.

Ich war todmüde. Der Tag war schön, aber anstrengend gewesen. Als ich die Tür zur Ferienwohnung aufschloss, gähnte ich laut. Daniel schubste mich sanft in Richtung Badezimmer und sagte leise:

„Geh Du zuerst duschen und dann ins Bett. Es war ein langer Tag. Ich freue mich schon auf Morgen. Gute Nacht!"

Ich drehte mich zu ihm um und nickte. Ich gab ihm einen Kuss auf die Wange und schlurfte ins Badezimmer. Nach der Dusche schlüpfte ich in den Bademantel und schaute ins Wohnzimmer. Daniel war in sein Zimmer gegangen. Ich nahm mir noch ein Glas Wasser mit in mein Schlafzimmer und öffnete das Fenster einen Spalt. Dann zog ich die Gardine zu und legte mich ins Bett. Ich schlief fest und traumlos bis zum nächsten Morgen. Kaffeeduft zog in mein Zimmer und ich musste lächeln. Jetzt war ich froh, dass ich nicht allein in Urlaub gefahren war. Sonst hätte ich mir mein Frühstück selber machen müssen. So wurde ich von Daniel verwöhnt.

Ich setzte mich auf die Bettkante und gähnte. Dann öffnete ich die Gardine und blickte hinaus. Ein blauer Himmel und die Aussicht auf den Deich ließen mich schlagartig wach werden. Ich zog mir eine Shorts und ein Shirt an und öffnete meine Schlafzimmertür.

Daniel stand am Herd und bereitete uns Rühreier zu.

„Guten Morgen, Du kannst Gedanken lesen. Ich habe einen Bärenhunger!" sagte ich und stellte mich hinter ihn. Ich schaute in die Pfanne und pfiff leise.

„Sehr lecker! Eier zubereiten kannst Du jedenfalls!"

„Na Du Langschläferin! Ich dachte, ich mach uns heute das Frühstück. Aber glaub nicht, dass ich das jetzt jeden Tag mache. Man soll eine Frau nicht zu sehr verwöhnen!" Daniel grinste. Ich zwickte ihn leicht in den Arm.

„Aua. Jetzt werde ich auch noch misshandelt. Wäre ich doch zuhause geblieben!" jammerte Daniel.

Ich verdrehte die Augen und nahm Geschirr aus dem Schrank. Ich deckte den Tisch und schaute zu Daniel hinüber. Seine Haare waren wuschelig wie immer und eine Locke kräuselte sich in seinem Nacken. Kurz hatte ich das Bedürfnis ihn zu küssen. In diesem Moment drehte er sich um. Ich wurde rot und schaute schnell in eine andere Richtung.

„Was ist denn mit Dir los? Hattest Du etwa gerade unanständige Gedanken oder warum bist du so nervös?" Er kam auf mich zu.

„Ich geh mal ins Bad. Duschen und Zähne putzen. Bin gleich wieder da", sagte ich schnell und schloss die Badezimmertür hinter mir.

Ich atmete kurz durch und schaute verwirrt in den Spiegel. Ich brauchte eine kalte Dusche. Ich putze mir die Zähne und kämmte meine wilde Mähne.

Dann setzte ich mich, ohne weiter auf Daniels Frage einzugehen an den Frühstückstisch. Daniel hatte in der Zwischenzeit die Rühreier auf zwei

Teller verteilt und Kaffee in bunte Becher geschüttet.

„Guten Appetit Engelchen!" sagte Daniel und setzte sich mir gegenüber an den Tisch.

„Danke Herr Doktor! Dir auch guten Appetit!" konterte ich, weil Daniel mich wieder wegen meines Nachnamens aufzog.

Wir aßen eine Weile schweigend, als Daniel plötzlich fragte: „Warum bist du vorhin so rot geworden? Du hast mich heimlich beobachtet. Stimmt's?"

Ich stocherte in meinem Rührei herum und trank einen Schluck Kaffee. Was sollte ich sagen? Er hatte mich erwischt. Also nickte ich nur.

„Bin ich nicht ein toller Typ? Sag ehrlich!" Daniel lachte laut und stopfte sich ein Stück Brot in den Mund.

Ich streckte ihm die Zunge heraus. Aber er hatte Recht. Daniel war sehr attraktiv und außerdem ein wirklich netter Mensch. Ich mochte ihn sehr gern. Aber immer wieder, wenn ich dachte es könnte mehr werden, sah ich Toms Gesicht vor mir. Er ging mir nicht aus dem Kopf.

Nach dem Frühstück räumten wir gemeinsam den Tisch ab und stellten das schmutzige Geschirr in die Spülmaschine. Es war kurz vor elf und es wurde Zeit, sich auf den Weg zu machen.

Wir liefen bis zum Deich und dann bis zum Haus der Familie von Dijk. Ich klingelte. Nach kurzer Zeit öffnete eine pummelige, freundliche Frau in den Vierzigern die Tür. Wir fragten nach den Rädern und sie ging mit uns zu einer Garage neben dem Haus. Hier standen mehrere Räder für Erwachsene und Kinder. Wir wählten unsere Räder aus und hinterlegten eine Kaution bei Frau van Dijk.

Die sollten wir wieder bekommen, wenn wir die Räder später zurück bringen würden.

Ich hatte mich für ein klassisches Hollandrad entschieden. Daniel hatte ein schnittiges Mountain Bike gewählt. Wir schoben die Räder auf die Straße und fuhren dann zum Deich. Auf dem Deich gab es einen Fahrradweg, der kilometerlang idyllisch, immer mit Blick auf das Meer verlief.

Wir radelten eine Weile, ohne dass uns Jemand entgegen kam. Die Sonne schien vom blauen Himmel. Ich entspannte und genoss die Wärme auf der Haut und die Ruhe, die die Landschaft ausstrahlte. In der Ferne konnte man Containerschiffe erkennen, die auf das offene Meer zusteuerten.

Hinter einer Kurve entdeckte ich plötzlich eine Herde Kühe auf dem Deich. Eine der Kühe stand mitten auf dem Radweg und schaute mich angriffslustig an. Ich bremste ab und wartete auf Daniel, der kurz hinter mir war.

„Fahr doch an der Kuh vorbei!" forderte er mich auf, aber ich hatte schon immer Angst vor den Rindviechern gehabt.

„Ich trau mich nicht!" antwortete ich und schaute ängstlich zu Daniel hinüber.

„Die tun doch nichts", sagte er und grinste.

Ich schob das Rad vorsichtig weiter und versuchte die Kuh zu ignorieren. Als ich auf gleicher Höhe war, machte die Kuh einen Schritt nach vorne und stieß heftig mit dem Kopf gegen meinen Rücken. Ich verlor das Gleichgewicht, ließ das Rad fallen und purzelte kopfüber den Deich hinunter. Unten angekommen blieb ich erstmal liegen. Ich traute mich nicht, mich zu bewegen und hatte Angst, dass ich mich verletzt haben könnte. Mir tat alles weh.

„Du liebe Zeit, was machst Du denn für Sachen!" rief Daniel, der schnell den Deich zu mir hinunterlief.

„Bleib liegen. Ich schaue erstmal, ob Du Dir vielleicht etwas gebrochen hast."

Er beugte sich zu mir hinunter und bewegte erst einmal vorsichtig meinen Nacken, die Beine und dann die Arme. Es tat etwas weh, aber es schien sonst alles in Ordnung zu sein.

„Da hast Du aber Glück gehabt. Du solltest als Stuntfrau arbeiten. Gebrochen ist nichts!" sagte Daniel und half mir auf die Beine.

„Die blöde Kuh hat mich gestoßen. Ich konnte mich nicht mehr halten", antwortete ich kleinlaut. „Ich weiß schon, warum ich sie nicht mag!"

Daniel lachte und nahm mich in den Arm. „Ein Torero wird wohl nicht mehr aus Dir!"

„Autsch. Drück nicht so fest. Mir tut alles weh!" jammerte ich.

„Dann lass uns mal nach Hause fahren. Die Kuh hat sich auch erschrocken und hat das Weite gesucht!"

Daniel zog mich den Abhang nach oben. Ich hatte mich langsam von dem Schreck erholt und schaute jetzt vorsichtig, ob die Kuh sich wirklich verzogen hatte. Sie hatte sich zu der Herde gesellt und schaute irgendwie triumphierend in meine Richtung. Ich drohte mit der Faust böse zu ihr hinüber und hob mein Rad auf.

Ich humpelte ein paar Meter neben dem Rad über den schmalen Weg und stieg dann umständlich wieder auf.

„Geht es denn?" wollte Daniel wissen. Ich nickte nur und fuhr langsam wieder in Richtung der Ferienwohnung.

Wir brachten die Räder zurück. Ich war froh, als ich mich zuhause auf die Couch fallen lassen konnte. Am meisten schmerzte mein Rücken. Ich stöhnte leise, als ich mich umdrehen wollte.

Daniel schaute besorgt und suchte in seiner Kulturtasche nach einem Schmerzmittel. Triumphierend holte eine Schachtel heraus und sagte: „Ein Arzt hat immer ein paar Pillen dabei!"

Er holte ein Glas Wasser und gab mir eine Tablette. Ich schluckte sie brav und hoffte, dass sie bald helfen würde. Ich schloss die Augen und schlief auf der Stelle ein.

Als ich wieder wach wurde, ging es mir deutlich besser. Die Schmerzen hatten nachgelassen und ich hatte Hunger. Ich stand vorsichtig auf, aber mein Rücken tat kaum noch weh. Der Schrecken war wohl größer gewesen als der Sturz selber.

Von Daniel war nichts zu sehen. Ich öffnete die Wohnungstür und schaute in den Garten. Dort lag Daniel auf einer Liege in der Sonne und las in einem Buch. Als er mich sah, lachte er mich an und fragte: „Ausgeschlafen? Geht es Dir jetzt besser?"

„Ich hab Hunger!" antwortete ich und setzte mich zu ihm auf die Liege.

„Ich auch! Ich wollte Dich sowieso gleich wecken. Auf was hast Du Lust?"

„Ich habe gestern beim Vorbeifahren ein nettes, kleines Lokal gesehen. Sollen wir dorthin?" fragte ich. Daniel nickte und stand auf. Fast wäre ich dadurch mit der Liege umgekippt.

„Du bist aber heute unfallgefährdet!" Daniel grinste und zog mich hoch. „Ich muss wohl auf Dich aufpassen mein Schatz!"

Ich schaute ihn erstaunt an, weil er mich Schatz genannt hatte. Aber Daniel ging pfeifend ins Haus und rief: „Komm schon. Ich sterbe vor Hunger!"

Ich verdrehte die Augen und folgte ihm in das Haus. Ich tauschte mein schmuddeliges Shirt gegen eine luftige Bluse und kämmte schnell meine Mähne.

Das Lokal lag nur ein paar Straßen weiter an dem kleinen Hafen. Es gab einen gemütlichen Biergarten. Dort suchten wir uns einen Tisch aus und setzten uns in die Sonne.

Kurz darauf brachte uns eine junge, hübsche Kellnerin die Speisekarte und fragte uns was wir trinken wollten. Sie lächelte Daniel an und ignorierte mich. Daniel bestellte ein Bier und ich ein Glas Wein. Sie nickte Daniel zu und ging zurück in das Lokal.

„Die steht auf Dich!" sagte ich und grinste.

Daniel schaute von seiner Speisekarte hoch und lächelte. „Die Frau hat Geschmack!" sagte er.

Ich musste auch lachen: „An Selbstbewusstsein mangelt es Dir jedenfalls nicht!" neckte ich ihn.

Die Kellnerin kam zurück und brachte uns die Getränke. Als Daniel sie anlächelte, wurde sie rot und schaute schnell zu mir hinüber, als wollte sie sehen, wie ich reagiere. Ich zuckte nur mit den Schultern und trank einen Schluck Weißwein. Ich wählte ein Nudelgericht mit Hühnchen und Daniel ein Steak. Nachdem sie unsere Wünsche aufgeschrieben hatte und wieder im Lokal verschwunden war, sagte Daniel: „Elena, ich genieße es sehr, hier mit Dir den Urlaub zu verbringen. Du scheinst es nicht zu wissen oder zu ignorieren, aber ich bin sehr in dich verliebt. Es fällt mir unheimlich schwer die Finger von Dir zu lassen!"

Jetzt wurde ich rot. Ich wollte etwas antworten, aber ich konnte nicht die richtigen Worte finden. Ich mochte Daniel sehr. Aber ich war noch nicht über die Trennung von Tobias hinweg und wollte mich nicht gleich wieder binden.

„Ich mag Dich sehr Daniel!" sagte ich leise.

„Aber mehr als Freundschaft willst Du nicht?" fragte Daniel. Er nahm meine Hand. „Ich kann warten." Er seufzte und ließ meine Hand wieder los.

Die Kellnerin kam und unterbrach die angespannte Situation. Sie stellte die Teller auf den Tisch und ging zum Nebentisch, wo sich eine Familie niedergelassen hatte.

„Guten Appetit!" sagten Daniel und ich fast gleichzeitig. Das Essen war ausgezeichnet. Wir aßen eine Weile ohne etwas zu sagen. Am Nebentisch quengelten die beiden Kleinkinder.

Sie rutschten auf den Stühlen hin und her. Die Eltern wirkten genervt. Die Mutter sagte etwas zu den Kindern und sofort herrschte Ruhe. Nach einer Weile erahnte ich, was sie den Kindern versprochen hatte, denn die Kellnerin stellte zwei große Eisbecher auf den Tisch. Ich musste schmunzeln. Mit Eis konnten meine Eltern mich früher auch immer bestechen. Der Gedanke an meine Eltern machte mich traurig.

„Alles okay bei Dir?" Daniel schaute mich fragend an.

„Ich musste gerade an meine Eltern denken", antwortete ich.

Stefan nickte. „Du vermisst sie sehr?"

„Natürlich! Sie sind viel zu jung gestorben. Und da ich ein Einzelkind bin, haben sie mich immer gnadenlos verwöhnt! Ich hatte eine wunderschöne Kindheit!"

Ich dachte an die Zeit, wo mich mein Vater auf den Schultern getragen hat. Meine Mutter hatte immer ein offenes Ohr für mich. In der Pubertät war sie wie eine Freundin für mich, auch wenn ich manchmal furchtbar zickig war.

Meine Mutter wurde als erstes krank. Sie hatte Brustkrebs und ist schon sechs Monate später gestorben. Mein Vater hatte drei Jahre später einen schweren Schlaganfall, von dem er sich nicht mehr erholte. Das war eine furchtbare Zeit für mich.

Aber ich hatte immer ein Zuhause, da mir meine Eltern die schöne Wohnung vererbt hatten. Ich wollte eigentlich immer studieren. Am liebsten Innenarchitektur. Aber nach dem Tod meiner Eltern musste ich schnell mein eigenes Geld verdienen. Durch eine Freundin bekam ich einen Ausbildungsplatz in dem Geschäft von Herrn Weber. Heute bin ich zufrieden mit meinem Beruf. Nur manchmal denke ich darüber nach, meinen Traum Architektin zu werden, vielleicht doch noch zu verwirklichen.

Ich schaute hoch und direkt in Daniels Augen. Er hatte mich die ganze Zeit über angesehen und nichts gesagt, weil er gemerkt hatte, dass ich mit meinen Gedanken weit weg war.

Ich war ihm dankbar, dass er nicht mehr weiter fragte. Er nickte mir nur kurz zu und widmete sich dann weiter seinem Essen. Ich stocherte in meinen Nudeln herum, weil ich plötzlich keinen Hunger mehr hatte.

Ich trank meinen Wein und beobachtete die anderen Gäste. Es waren viele Deutsche im Lokal. Ich konnte einen Teil der Unterhaltungen hören.

„Schmeckt es Dir nicht?" fragte Daniel.

„Ich bin satt!" sagte ich und schob den Teller zur Seite.

„Ich hab immer noch Hunger!" Daniel nahm sich meinen Teller und futterte auch noch den Rest.

Als die Kellnerin vorbei kam, bestellte ich uns noch einen Espresso. Ich genoss die Sonne und die Tatsache, nicht allein nach Holland gefahren zu sein.

Nach dem Essen gingen wir noch ein paar Lebensmittel einkaufen und entspannten gemeinsam auf der Terrasse unseres kleinen Feriendomizils.

Ich wurde aus meinen Gedanken gerissen, als mein Handy klingelte. Es war Sabine.

„Hallöchen Elena, wie geht's Euch denn so im gemeinsamen Urlaub?" fragte sie neugierig.

Warum hatte ich ihr nur erzählt, dass Daniel doch mitkommen würde. Es war doch klar, dass sie wissen wollte, ob sich bei uns etwas anbahnte. Ich stöhnte leise und antwortete: „Wir genießen die Ruhe und das schöne Wetter."

„Und sonst? Erzähl doch mal! Seid ihr Euch näher gekommen?" Sabine konnte es kaum abwarten zu hören, ob Daniel mich verführt hatte.

Ich schaute zu Daniel hinüber und flüsterte: „Deine Kuppel-Kollegin will wissen ob wir mittlerweile ein Paar sind!"

Er lachte laut. „Sag Ihr, ich arbeite noch daran!"

Sabine hatte alles mitbekommen und lachte auch. "Kuppel-Kollegin ist gut!

Ich finde einfach, dass ihr super zusammen passt. Vergiss doch endlich Tobias!"

Wenn sie wüsste, das nicht Tobias, sondern Tom in meinem Kopf schwirrte.

Aber darüber wollte ich nicht mit ihr sprechen. Es war sowieso hoffnungslos.

Wir unterhielten uns noch ein paar Minuten über die Arbeit und dann musste Sabine auch schon wieder auflegen. Sie musste zurück in ihre Abteilung.

Daniel war ins Haus gegangen und hatte sich ein Bier geholt. Er setzte sich an den kleinen Terrassentisch und trank ein paar Schlucke aus der Flasche. Er sah zufrieden aus. Unter seinem T-Shirt konnte man seinen durchtrainierten Oberkörper erahnen. Er steckte sich aus und schaute in den Himmel.

„Engelchen, Du hast bestimmt einen Deal mit dem Wettergott. Es soll auch den Rest der Woche so schön bleiben", sagte er.

„Was sollen wir denn morgen machen? Aber bitte nicht wieder was mit Kühen!" antwortete ich und musste selber lachen.

Daniel grinste über das ganze Gesicht und schlug dann vor, in den nächsten größeren Ort zu fahren. Hier gab es eine schöne Strandpromenade mit Cafés und vielen kleinen Geschäften.

„Ich geh auch mit Dir shoppen!" sagte er großmütig.

„Hör auf zu schleimen!" antwortete ich und zwinkerte ihm zu.

„Ich will Dich doch nur von meinen Vorzügen überzeugen." Er schaute unglücklich.

„Das brauchst Du nicht. Ich weiß, dass Du ein toller Mann bist. Meinst Du ich wäre mit einem Macho verreist?"

„Oho! Toller Mann! Danke Elena! Schön, das Du doch mal was Nettes zu mir sagst!" Daniel machte eine theatralische Geste und hätte fast sein Bier umgestoßen!"

Wir saßen noch lange draußen. Erst als es langsam dunkel wurde gingen wir in unsere Schlafzimmer. Ich erwischte Daniel, wie er sich noch über die zweite Tafel Schokolade hermachte, als ich mir noch etwas zu trinken aus der Küche holen wollte.

Er kaute mit schuldbewusster Mine und schlich zurück in sein Zimmer. Ich musste schmunzeln.

In meinem Schlafzimmer war es sehr warm. Ich öffnete das Fenster und atmete tief ein. In diesem Moment musste ich daran denken, dass ich eigentlich mit Tobias hier meinen Urlaub verbringen wollte. Der Gedanke daran machte mich erst traurig und dann wütend, dass Tobias mich verlassen hatte. Ich schob die Gedanken beiseite und schloss das Fenster. Die frische Luft machte mich müde und ich schlief schnell ein.

Am nächsten Morgen wurde ich schon ganz früh wach. Ich entschloss mich aufzustehen und joggen zu gehen. Ich zog mich leise an und ging auf Zehenspitzen durch das Wohnzimmer. Ich ging hinauf auf den Deich und schaute mich erst einmal um, ob nicht irgendwo wieder eine aufmüpfige Kuh in Sicht war. Aber außer einem alten Mann mit Hund war ich allein. Es war noch kühl. Deshalb lief ich gleich los. Nach ein paar Minuten wurde mir wärmer. Es tat mir gut, einfach nur zu laufen. Ich konnte dabei immer am besten abschalten und manches Problem lösen.

Ich musste an Georg denken. Er wohnte jetzt bestimmt schon in dem Seniorenheim. Hoffentlich bereute er die Entscheidung nicht. Wenn ich nächste Woche wieder zuhause war, wollte ich ihn gleich besuchen. Tom würde dann sicher auch bald in die Wohnung neben mir einziehen. Ich wusste nicht, ob ich mich darüber freuen sollte. Zu wissen, dass uns nur eine Wand voneinander trennte, machte mich jetzt schon nervös.

Andererseits wohnte hinter der gegenüberliegenden Wand Daniel. Dieses Problem konnte ich allerdings heute nicht klären.

„Lass es einfach auf Dich zukommen!" sagte ich zu mir selbst.

Nach einer Weile machte ich kehrt und lief zurück. Ich lief noch weiter bis zu der kleinen Bäckerei und kaufte Brötchen für das Frühstück. Für Daniel nahm ich auch noch ein Schokoladencroissant mit.

Als ich die Tür aufschloss, kam mir schon Kaffeeduft entgegen.

Daniel schaute erstaunt, als er mich sah.

„Ich dachte Du schläfst noch. Ich habe gar nicht mitbekommen, dass Du joggen gegangen bist!"

„Ich habe sogar schon Brötchen geholt!" Ich nahm das kleine Körbchen aus dem Schrank und füllte ihn mit den Backwaren. Daniel schaute zufrieden, als er das Schokoladencroissant sah.

Ich ging unter die Dusche und schlüpfte danach in mein Sommerkleid. Es war schon jetzt in der Frühe schnell warm geworden. Nach dem Frühstück wollten wir in die nächste Kleinstadt fahren.

Als ich mich an den Frühstückstisch setzte, bemerkte ich Daniels bewundernden Blick.

„Du siehst toll aus. Das Kleid ist der Hammer!" sagte er, nachdem er mich noch einmal ausgiebig gemustert hatte.

Ich wurde verlegen, freute mich aber über das Kompliment. Das Kleid hatte ich bei uns im Laden gekauft. Es war sehr teuer und ich konnte es mir nur leisten, weil wir ab und zu Kleidung zum Einkaufspreis kaufen konnten. Tobias hatte es damals auch gefallen.

Daniel griff nach dem Croissant und sagte dann mit Vorfreude: „Das ist doch für mich, oder?"

Ich konnte nur nicken, weil ich mir das Lachen verkneifen musste.

Nach dem Frühstück machten wir uns bald auf den Weg. Wir mussten nur ungefähr eine halbe Stunde fahren. Wir parkten in der Nähe der Stadtmitte und schlenderten Richtung Strandpromenade. Es waren viele Urlauber unterwegs. Je näher wir dem Strand kamen, umso voller wurde es. Ich stöberte etwas in den kleinen Geschäften um eine Kleinigkeit für Georg kaufen, fand aber leider nichts, was mir gefiel. In einem Buchladen erstand ich noch einen Roman, den ich schon seit längerem lesen wollte. Daniel war in ein Brillenstudio gegangen, weil er sich eine neue Sonnenbrille kaufen wollte.

Als er aus dem Geschäft kam, winkte er mir zu. Die neue Brille sah schick aus und stand ihm sehr gut. Das sahen auch zwei junge Mädchen so. Sie lächelten Daniel an und tuschelten dann lachend miteinander.

„Du hast zwei neue Fans!" sagte ich. Daniel nahm meine Hand und antwortete: „Ich wünschte Du wärst mein größter Fan!"

„Du könntest daran arbeiten, indem Du mir ein Eis kaufst!" Ich lächelte ihn an.

„Ich dachte Du magst nicht so gern Süßes!" Daniel schaute erstaunt.

„Bei Eis mache ich eine Ausnahme!"

Ein paar Meter weiter gab es ein italienisches Eiscafé. Dort ließen wir uns im Schatten nieder. Ich studierte die Karte und entschied mich für einen Früchtebecher.

„Dann habe ich wenigstens die Illusion, dass ich etwas Gesundes mit Obst esse!" sagte ich und gab Daniel die Karte.

„Lass uns sündigen, Baby!" antwortete er und grinste frech. „Ich nehme einen Schokobecher!"

Die Eisbecher waren riesig und ich schaffte es nicht ihn aufzuessen. Das übernahm mal wieder Daniel für mich.

„Wo steckst Du denn all diese Kalorien hin?" wollte ich wissen. „Du futterst wie eine siebenköpfige Raupe!"

Daniel schaute beleidigt, sagte dann aber: „Ich bin über ein Meter neunzig groß. Die wollen bei Laune gehalten werden." Ich lachte so laut, dass eine Frau am Nebentisch vorwurfsvoll zu uns hinüberschaute.

„Die hat bestimmt nicht viel zu lachen!" flüsterte Daniel und deutete mit dem Kopf auf den mürrisch dreinschauenden Mann, der neben der Frau saß und in einer Zeitung las.

Daniel winkte dem Kellner und fragte nach der Rechnung. Als er bezahlt hatte, beugte ich mich zu ihm hinüber und gab ihm einen Kuss auf die Wange.

„Danke für die Einladung. Das nächste Eis bezahle aber ich!"

„Das will ich doch hoffen, ich bin nur ein armer Student!" antwortete Daniel.

„Wenn Du bald Arzt bist, dann scheffelst Du Geld ohne Ende!" ärgerte ich ihn.

Daniel machte ein unglückliches Gesicht. „ Es ist bald soweit. Das Studium ist anspruchsvoll und so langsam geht es an die Substanz. Ich habe mich übrigens doch entschieden noch meinen Facharzt für Kardiologie zu machen."

Ich nickte anerkennend. „Gute Entscheidung!"

Wir schlenderten die Einkaufsstraße Richtung Strand. Viele Familien mit Kindern hatten es sich in Strandkörben bequem gemacht.

Ich schloss die Augen und schnupperte. Es roch nach Meer und Sonnencreme. Als ich die Augen wieder öffnete, stand Daniel vor mir. Er beugte sich zu mir und küsste mich zärtlich. Es war ein wunderschöner, romantischer Moment und ich erwiderte den Kuss.

Daniel flüsterte leise. „Du bist so schön! Ich konnte nicht anders als Dich zu küssen!"

Ehe ich etwas sagen konnte, küsste er mich wieder. Ich hatte seit langer Zeit einmal wieder das Gefühl, eine begehrenswerte Frau zu sein.

Nachdem mich Daniel wieder losgelassen hatte, war ich verunsichert. Wie sollte das jetzt weiter gehen? Ich wollte mich doch nicht gleich schon wieder auf einen Mann einlassen.

Aber ich fühlte mich in Daniels Gegenwart einfach wohl. Und vor allem fühlte ich mich begehrt.

Daniel schien meine Gedanken zu lesen, denn er sagte jetzt: „Lass Dich doch einfach fallen. Ich fange Dich auf. Keine Angst! Ich bin nicht wie Tobias!"

Ich nickte und lehnte mich an seine Schulter. Trotzdem konnte ich nicht über meinen Schatten springen.

Ich schüttelte den Kopf und nahm Daniels Hand.

„Ich weiß, dass Du nicht Tobias bist. Ich würde mich gern verlieben, aber ich habe Angst vor einer erneuten Enttäuschung!"

Daniel spielte zärtlich mit einer meiner Locken und ich bekam eine Gänsehaut.

„Komm Elena, lass uns zurück fahren. Ich möchte allein mit Dir sein!" sagte Daniel heiser.

Ich nickte und ließ mich von ihm zurück zum Auto bringen. In meinem Kopf herrschte der Ausnahmezustand.

Ich wollte Daniels Zärtlichkeiten, die ich so lange vermisst hatte und dachte nicht mehr nach, sondern ließ es geschehen.

Daniel parkte das Auto und öffnete mir die Autotür. Ich weiß nicht mehr wie wir ins Haus und in mein Schlafzimmer gekommen sind. Es war alles wie im rosaroten Nebel. Ich fühlte Daniels Hände überall und ließ mich einfach fallen. Es war wunderschön. So leidenschaftlich war ich noch nie geliebt worden.

„Hast Du es Dir so vorgestellt?" fragte mich Daniel später. Er streichelte mich sanft.

„Ich glaube, ich werde doch noch Dein größter Fan!" sagte ich. Daniel lachte leise.

Die Tage in Holland waren wunderschön. Daniel und ich unternahmen noch ein paar Ausflüge und liebten uns jede Nacht. An unserem letzten Abend saßen wir auf der Terrasse und genossen die Ruhe und die letzten Sonnenstrahlen.

„Nun ist es doch noch ein Liebesurlaub geworden!" sagte Daniel. Er lächelte zu mir hinüber und zwinkerte mir zu.

„Man darf doch wohl mal seine Meinung ändern!" konterte ich.

Daniel stand auf und kam zu mir. Er setzte sich auf meine Liege und küsste mich zärtlich auf meinen Wuschelkopf.

„Das war Deine bisher beste Meinungsänderung Elena. Ich muss Dir jetzt etwas verraten.

Kannst Du Dich noch an den Tag erinnern, als ich in die Wohnung neben Dir gezogen bin?"

Ich nickte und wurde nervös. Was wollte Daniel mir jetzt für ein Geständnis machen?

„Du hast mir doch auf der Treppe den Weg versperrt, als ich mit meinem Freund die Couch nach oben geschleppt habe. Ich habe mich auf der Stelle in Dich verliebt. Deine wilden Haare, deine wunderschönen blauen Augen und der überraschte Blick, als wir Dir entgegengekommen sind, haben mich umgehauen. Seit diesem Tag habe ich gehofft, dass Du Tobias mal den Laufpass geben würdest. Ich bin so glücklich, dass Du jetzt hier bei mir bist."

Ich konnte mich natürlich an diesen Augenblick, als wir uns das erste Mal gesehen haben, erinnern. Aber in der Zeit, als ich mit Tobias zusammen war, hatte ich keine Augen für einen anderen Mann gehabt. Ich fand Daniel immer sehr nett und lustig, aber verliebt hatte ich mich erst jetzt. Aber war ich denn verliebt? Ich war mir nicht sicher. Daniels Nähe und seine Zärtlichkeiten fühlten sich wunderbar und echt an.

„Du sagst gar nichts dazu?" fragte Daniel mich jetzt.

„Ich bin im Moment sehr glücklich!" sagte ich ausweichend.

Daniel küsste mich nochmal. Er stand auf und holte uns ein Glas Sekt.

„Auf uns und ein wunderschönes, leidenschaftliches und glückliches Leben! Ich liebe Dich Elena!"

In diesem Moment wurde mir auf einmal klar, dass Daniel dachte, wir sind ein Paar. In meinem Kopf fuhr eine Achterbahn und ich wusste nicht was ich erwidern sollte.

Ich stieß mit meinem Glas gegen das von Daniel und sagte unsicher: „Daniel, ich mag Dich auch sehr. Ich weiß aber nicht, ob es schon Liebe ist. Ich bin mir so unsicher. Lass es uns doch langsam angehen. Kannst Du nicht verstehen, dass ich mich nicht gleich schon wieder auf eine Beziehung einlassen möchte!"

Daniel schaute mich an wie einen Geist. Er war sichtlich enttäuscht und ging einen Schritt zurück.

„Das habe ich jetzt nicht erwartet. Ich hatte den Eindruck, dass Du mit mir zusammen sein willst!"

„Es war eine wunderschöne Zeit hier mit Dir in Holland. Ob es zuhause so weitergeht, müssen wir erst ausprobieren. Mach es mir bitte nicht so schwer!" antwortete ich leise. Ich wusste, dass ich Daniel damit wehtat. Er schaute unglücklich und irritiert.

„Es stimmt schon, dass Einer immer mehr liebt als der Andere. Damit muss ich jetzt wohl leben!" sagte Daniel bitter.

Er stand auf und stellte sein Glas hart auf dem Tisch ab. Dann ging er ohne ein weiteres Wort ins Haus.

Ich wollte aufstehen und ihm nachgehen, aber dann überlegte ich es mir anders. Daniel sollte erst einmal Zeit haben, das was ich ihm gesagt hatte, zu verarbeiten. Aber ich fühlte mich schlecht.

Am nächsten Morgen herrschte eine komische Stimmung. Daniel wirkte bedrückt. Ich wusste nicht, was ich noch sagen sollte.

Nach dem Frühstück zog sich Jeder in sein Zimmer zurück um zu packen. Ich räumte noch etwas auf und klopfte dann an Daniels Zimmertür.

„Bist Du fertig mit Packen?" fragte ich.

Daniel nickte nur und zeigte auf sein Gepäck.

„Dann können wir ja gleich starten", sagte ich.

„Du kannst es wohl gar nicht erwarten, wieder nach Hause zu fahren." Daniel verzog spöttisch die Mundwinkel.

„Sei nicht unfair!" antwortete ich und ging einen Schritt auf Daniel zu. Er wich zurück, nahm seinen Rucksack und die Reisetasche und ging zur Tür.

Ich holte meine Sachen, schaute noch einmal nach, ob ich alle Geräte ausgeschaltet hatte und schloss dann die Tür ab.

Daniel saß schon im Auto und fummelte am Radio herum. Als ich mich neben ihn setzte, startete er den Motor und fuhr schweigend los.

Bei der Touristeninformation hielt er, damit ich den Schlüssel wieder zurückgeben konnte. Er drückte mir wortlos das Geld für seinen Anteil an der Reise in die Hand und schaute dann demonstrativ aus dem Fenster.

„Ich verstehe nicht, warum Du so abweisend zu mir bist!" sagte ich und blieb im Auto sitzen. „Was habe ich denn Schreckliches getan?" wollte ich wissen.

Daniel drehte sich zu mir um und seufzte.

„Ich bin eigentlich wütend auf mich selbst. Ich hatte gedacht und gehofft, dass Du mich genauso liebst wie ich Dich. Aber ich habe mich geirrt. Ich habe es falsch gedeutet, dass wir uns in den letzten Tagen so nahe gekommen sind."

„Ich kann einfach noch nicht sagen, ob und wie es mit uns weitergeht! Ich bin gern mit Dir zusammen und vielleicht bin ich auch verliebt, aber ich kann nicht aus meiner Haut. Ich möchte nichts überstürzen!" Ich sah Daniel fragend an. Er nahm meine Hand und küsste meine Fingerspitzen.

„Bring die Schlüssel zurück und dann fahren wir nach Hause. Ich werde Dich nicht weiter bedrängen. Ich weiß ja, dass Du zuhause neben mir schläfst, auch wenn eine Wand dazwischen ist!"

Die Fahrt nach Hause verlief ohne viele Worte. Die Autobahn war frei und so kamen wir gut und zügig voran.

Wir brachten den Mietwagen zurück und fuhren dann mit dem Bus weiter.

Als wir uns auf unserer Etage verabschiedeten, nahm mich Daniel in den Arm.

„Danke für den schönen Urlaub mein Engel."

„Es war mir ein Vergnügen!" sagte ich und legte meinen Kopf auf Daniels Brust.

„Das will ich auch hoffen! Ich habe mich von meiner allerbesten Schokoladenseite für Dich präsentiert!" scherzte Daniel. Aber er schaute auf den Boden und spielte mit seinem Wohnungsschlüssel.

Ich schloss meine Wohnungstür auf und drehte mich noch einmal zu Daniel um. In diesem Moment öffnete sich die Tür zu Georgs Wohnung und Tom kam lächelnd ins Treppenhaus.

„Hallo Elena, schön Dich zu sehen!" Er gab mir die Hand und schaute zu Daniel hinüber.

„Sind Sie mein anderer Nachbar?" fragte Tom.

Daniel nickte und sagte: „Ich bin Daniel und wir können uns gern duzen!"

„Gern! Ich bin Tom! Auf eine gute Nachbarschaft! Meine Frau und ich werden in den nächsten Wochen eine Einweihungsfeier machen. Aber erst müssen wir uns einrichten!"

„Wie geht es Georg?" fragte ich.

„Er ist im Seniorenheim sehr nett empfangen worden. Er hat allerdings nur ein kleines Zimmer und muss sich ziemlich einschränken. Ansonsten geht es ihm gut." Tom lächelte mich an und ich wurde rot.

Daniel hatte es bemerkt und zog fragend die Augenbrauen hoch. Ich wollte der Situation entfliehen und hob meinen Rucksack hoch.

„Ich wünsche Dir und Deiner Familie eine glückliche Zeit in eurer neuen Wohnung. Grüße an Deine Frau. Ich werde sie hoffentlich bald kennenlernen!" sagte ich und ging in meine Wohnung.

„Ich muss auch los. Ich habe noch einiges zu erledigen." Tom winkte und lief die Treppe hinunter.

Daniel schaute ihm nach und ging dann wortlos in seine Wohnung.

Nachdem ich meine Wohnungstür hinter mir geschlossen hatte, brachte ich mein Gepäck ins Schlafzimmer und warf mich auf mein Bett. Ich schaute zur Decke und versuchte das komische Gefühl in mir zu analysieren.

Ich dachte daran, dass Daniel in der Wohnung neben mir, jetzt enttäuscht von mir war. Und ich fragte mich, warum mich Tom nur mit einem Lächeln so aus der Fassung bringen konnte. Ich kannte ihn doch gar nicht. Und trotzdem fühlte ich mich so zu ihm hingezogen. Ich war total durcheinander und schlief über meine Grübeleien ein. Als ich wieder aufwachte, war es schon dunkel und mir war kalt.

Ich ging in die Küche und machte mir einen Tee. Im Schrank fand ich noch Nudeln und eine Flasche Rotwein. Ich kochte mir eine Tomatensauce und setzte mich später mit meinem Essen vor den Fernseher. Es lief eine Reportage über den Pflegenotstand.

Ich nahm mir vor, am nächsten Tag Georg in seinem Seniorenheim zu besuchen. Das Wochenende hatte ich noch frei. Am Montag musste ich dann wieder arbeiten. Dann würde ich nicht mehr so viel Zeit haben.

Es war komisch wieder allein zu sein. Ich aß ohne Appetit und trank fast die ganze Flasche Wein.

Später brachte ich den Teller zurück in die Küche und spülte das Geschirr ab. Die letzten Tage mit Daniel waren wunderbar und ich vermisste ihn. Ich brauchte aber etwas Abstand. Wenn ich in mein

Schlafzimmer schaute, dann musste ich daran denken, dass es noch gar nicht lange her war, dass Tobias dort neben mir lag.

Ich seufzte. Warum war alles so kompliziert? Oder war ich diejenige, die sich nicht entscheiden konnte?

Ich räumte die schmutzige Wäsche in die Waschmaschine und die anderen Kleidungsstücke zurück in den Schrank. Nach der Dusche ging ich ins Bett und konnte lange nicht schlafen. Ich wälzte mich stundenlang hin und her.

Am Morgen war ich dann unausgeschlafen und genervt. Nach dem Kaffee zog ich meine Joggingkleidung an. Ich überlegte, ob ich Daniel fragen soll, ob er sich anschließen wollte. Aber ich verwarf den Gedanken.

Ich fuhr zum See und lief eine langsame Runde. Das Laufen machte meinen Kopf frei. Ich fühlte mich besser und ich entschloss mich eine weitere Runde zu laufen. Kurz bevor ich wieder auf den Parkplatz abbiegen musste, setzte ich mich auf eine Bank um zu verschnaufen.

Die Sonne schien wärmend auf mein Gesicht. Ich dachte an den Urlaub mit Daniel und an seine Zärtlichkeiten. In seinen Armen fühlte ich mich begehrt und gut aufgehoben. Ich seufzte und stand mühsam wieder auf.

Nachdem ich zuhause geduscht hatte, zog ich mich um und ging zur Bushaltestelle. Das Seniorenheim, in dem Georg wohnte lag im nächsten Stadtteil. Es lohnte sich nicht mit dem Auto zu fahren.

Ich musste nicht lange warten bis der Bus kam. Er war überfüllt. Ich quetschte mich zwischen eine Gruppe junger Mädchen, die sich lautstark unterhielten. Ich war froh, dass ich an der übernächsten Haltestelle wieder aussteigen konnte.

Das Foyer des Seniorenheims war hell und freundlich eingerichtet. An der Rezeption fragte ich nach Georgs Zimmer. Eine kleine, rundliche Frau teilte mir mit, dass Georg bereits Besuch hatte. Er war im Garten.

Sie zeigte mir den Weg. Ich überlegte, ob ich ein anderes Mal wiederkommen sollte. Ich wollte nicht stören. Ich schaute trotzdem in den Garten. Georg sah mich sofort und winkte. Er saß im Schatten einer Kastanie an einem Tisch, zusammen mit Tom und seiner Frau. Chiara saß im Buggy und spielte mit einem Plüschtier.

„Hallo zusammen!" sagte ich und drückte Georg. „Ich wollte nicht stören. Ich wusste nicht, dass Du schon Besuch hast!" sagte ich.

„Du störst doch nicht. Ich freue mich Dich zu sehen", antwortete Georg und deutete auf einen Stuhl neben sich.

„Hallo Elena!" sagte Tom. „Darf ich Dir meine Frau Valeria vorstellen. Sie kann leider nur wenig deutsch!"

„Ciao Valeria!" sagte ich und gab ihr die Hand. Toms Frau lächelte und gab mir ebenfalls scheu die Hand. Sie war sehr schlank, hatte dunkle lange Haare und wunderschöne rehbraune Augen.

Tom erklärte ihr auf Italienisch, dass ich die neue Nachbarin sei. So viel konnte ich verstehen. Valeria nickte und kümmerte sich dann um Chiara, die aus dem Buggy klettern wollte. Damit war unser Gespräch beendet.

„Schade, dass Valeria so gar kein Interesse hat unsere Sprache zu lernen!" sagte Georg und schüttelte den Kopf.

„Sie fühlt sich hier noch nicht so richtig angekommen!" sagte Tom entschuldigend.

„Das wird sie auch nie, wenn sie sich nicht verständigen kann!" brummte Georg.

Ich fühlte mich etwas unwohl, weil ich für keinen Partei ergreifen wollte, also versuchte ich abzulenken.

„Wie geht es Dir denn hier? Es wirkt alles sehr freundlich. Der Garten hier ist wirklich schön. Und Dein Zimmer? Fühlst Du Dich wohl?"

Georg grinste. Er hatte gemerkt, dass ich das Thema wechseln wollte.

„Es ist ganz in Ordnung. Alles noch etwas ungewohnt. Ich muss mich um nichts kümmern. Hat aber auch seine Vorteile. Außerdem bin ich hier nicht allein. Ein paar ältere Damen bemühen sich auch schon um mich!"

Ich musste lachen.

„Du bist ja auch ein sehr netter, gutaussehender Herr! Ein bisschen wie die deutsche Ausgabe von Sean Connery!" sagte ich und zwinkerte ihm zu.

Jetzt lachte Tom. Valeria schaute teilnahmslos und zuckte nur mit den Achseln. Dann spielte sie wieder mit Chiara.

Ich hatte den Eindruck, dass Valeria am liebsten wieder gegangen wäre. Sie schaute irgendwie gehetzt und unglücklich.

Als ob Georg meine Gedanken gelesen hätte, sagte er plötzlich: „Sag mal Tom, isst Deine Frau auch mal was. Sie ist so dünn und blass."

„Sie hat keinen richtigen Appetit. Ich denke, sie hat immer noch Heimweh. Vielleicht war es keine gute Idee nach Deutschland zu ziehen!" Tom schaute unglücklich.

„Gib ihr einfach noch Zeit. Es ist bestimmt nicht so einfach für sie. Wichtig wäre nur, dass sie einen Deutschkurs macht. Da gebe ich Georg recht!" sagte ich.

Tom nickte. Er beugte sich zu mir hinüber und flüsterte mir ins Ohr: „Könntest Du Dich etwas um Valeria kümmern? Sie ist sonst so allein!"

Die Berührung von Tom ließ mich zittern. Seine Lippen an meinem Ohr verursachten bei mir eine Gänsehaut.

„Natürlich kann ich mich um sie kümmern. Aber ich muss arbeiten und habe leider nicht so viel Zeit. Außerdem kann ich kein italienisch. Kann Valeria denn englisch?"

Tom schüttelte verneinend den Kopf. „Du hast Recht Elena. Es war eine blöde Idee."

Ich schaute zu Valeria hinüber, die mir einen wütenden Blick zuwarf. Sie verstand nicht, um was es ging und war augenscheinlich sehr eifersüchtig.

Georg beobachtete das Ganze und schmunzelte. Er hatte ja bei meinem letzten Zusammentreffen mit Tom schon gemerkt, dass er mich nervös machte.

Ich verabschiedete mich nach einer Stunde von Georg, Tom und Valeria. Chiara schlief mittlerweile in ihrem Buggy.

„Ich komme in den nächsten Tagen noch einmal vorbei. Dann melde ich mich aber vorher an!" sagte ich zu Georg und drückte ihn zum Abschied.

Als ich das Seniorenheim verließ, merkte ich wie eine Anspannung von mir abfiel. Die Gegenwart von Tom machte mich unsicher. Und Valerias offensichtliche Ablehnung war nicht zu übersehen. Ich war gespannt, wie wir uns in Zukunft begegnen würden.

Zuhause angekommen bügelte ich die am Vortag gewaschene Wäsche. Danach legte ich mich auf die Couch und wollte mir eine CD von Queen anhören. Kaum lief der erste Song, da klingelte es an der Tür.

Ich verdrehte die Augen und öffnete.

Vor der Tür stand Tom. Er lächelte entschuldigend und sagte: „Ich wollte gerade ein Regal zusammen schrauben. Dabei ist mit der Schraubenzieher abgebrochen. Hast Du vielleicht einen da?"

Ich schaute auf das kaputte Werkzeug in seiner Hand und nickte: „Komm doch rein. Ich schaue mal in meinen Werkzeugkoffer. Ich habe ein ganzes Sortiment!"

Tom folgte mir in die Wohnung. „Du hast es sehr schön hier!" sagte er und schaute sich um.

„Danke! Ich fühle mich hier auch sehr wohl. Meine Eltern haben mir die Wohnung vererbt. Kannst Du Dich noch an Sie erinnern?" fragte ich.

Tom schüttelte den Kopf. „Leider nein. Ich war ja noch ziemlich klein, als wir umgezogen sind. Ich konnte mich nur noch vage an Dich und Deinen Wuschelkopf erinnern!" Tom lächelte.

Ich hatte den Werkzeugkoffer aus einem Schrank im Flur geholt und reichte ihm eine kleine Schachtel, in der mehrere Schraubenzieher waren. Kleine handwerkliche Dinge konnte ich auch selbst reparieren. Mein Vater hatte mir früher ein paar Dinge beigebracht.

Tom öffnete die Schachtel. „Ich glaube der passt!" sagte er. Als er mir die Schachtel zurückreichte streiften seine Finger meine Hand.

Wir schauten uns an. Es entstand eine knisternde Atmosphäre. Tom strich mir eine Locke aus dem Gesicht und streichelte sanft mein Gesicht.

Er sagte: „Es ist da etwas zwischen uns. Ich kann es nicht erklären, aber Du machst mich nervös!"

„Mir geht es genauso!" sagte ich leise. „Aber es darf nicht sein. Du hast eine Frau und ein Kind."

Tom nickte und ging langsam zur Wohnungstür. Als er sie öffnete, drehte er sich noch einmal um und sagte:

„Nächste Woche Freitag werden wir hier endgültig einziehen. Ich hoffe, dass dann etwas Ruhe in meine Ehe kommt. Die letzten Wochen waren schwierig. Valeria und ich haben oft Streit. Hier in Deutschland hat sie an allem etwas auszusetzen. Manchmal ist sie richtig depressiv. Das war sie allerdings auch schon manchmal in Italien." Er seufzte.

„Ich hoffe, dass ihr euch hier gut einlebt. Vielleicht sollte sich Valeria einmal professionelle Hilfe suchen. Sie ist auch so dünn. Hat sie Magersucht?" fragte ich vorsichtig.

„Ich befürchte es. Aber sie lässt darüber nicht mit sich reden. Sie wird dann gleich aggressiv", antwortete Tom.

„Ich bringe Dir den Schraubenzieher zurück, wenn ich fertig bin. Vielen Dank!" sagte Tom. Dann schloss er die Tür hinter sich.

Ich ging zurück ins Wohnzimmer und war total verwirrt. Also ging es Tom genauso wie mir. Ich hatte es die ganze Zeit gespürt.

Aber was machte es für einen Sinn weiter darüber nachzudenken. Ich wollte auf keinen Fall seine Ehe gefährden.

Das Klingeln des Telefons riss mich aus meinen Gedanken.

Es war Sabine, die neugierig wissen wollte, wie mein Urlaub mit Daniel gewesen war. Ich musste lächeln, als sie fragte: „Bist Du noch Single, oder hast Du Daniel endlich eine Chance gegeben? Er ist doch so verliebt in Dich!"

Ich berichtete ihr, dass wir uns näher gekommen waren, aber auch, dass ich keine feste Beziehung wollte.

„Warum denn nicht? Ist er eine Niete im Bett?" fragte Simone. Sie nahm nie ein Blatt vor den Mund.

„Nein, ganz im Gegenteil!" sagte ich. „Aber ich möchte mich nicht gleich wieder an Jemanden binden!"

„Vergiss doch endlich Tobias und sein feiges und unfaires Verhalten. Das muss Dir doch mit Daniel nicht wieder passieren. Er ist wirklich sehr nett. Tobias war immer ein komischer Vogel!" Simone hatte sich richtig in Rage geredet.

„Du kämpfst ja für Daniel wie eine Löwenmutter." Ich musste lachen.

„Oder gibt es einen anderen?" fragte Simone plötzlich.

Ich zuckte zusammen. Nachdem ich mich wieder gefangen hatte, sagte ich leise: „Es gibt da Jemanden. Aber es hat keine Zukunft. Er ist verheiratet."

„Ach Du Schreck! Was machst Du denn für Sachen!" Sabine schnappte nach Luft.

„Wir sehen uns ja morgen im Geschäft. Dann können wir nochmal darüber reden", sagte ich.

Simone merkte, dass ich nicht weiter darüber sprechen wollte und verabschiedete sich.

Ich dachte an Daniel, der nebenan wahrscheinlich wieder über seinen Büchern saß und an Tobias, der mit Frau und Tochter bald neben mir einziehen würde. Warum war das Leben so kompliziert?

In der nächsten Woche war im Geschäft viel zu tun. Die Sommerkollektion wurde geliefert und auch in meiner Abteilung musste alles neu dekoriert und umgeräumt werden. Sabine und ich hatten kaum Zeit mal ein Wort zu wechseln.

Am Samstag hatte sie frei, ich musste arbeiten. Als ich am späten Nachmittag endlich zuhause ankam, war ich total ausgelaugt. Im Treppenhaus standen einige Kleinmöbel und ein paar Kartons. Durch die geöffnete Tür konnte ich Tom und ein paar andere Männer in der Wohnung nebenan arbeiten sehen. Als er mich sah, winkte er kurz und schob dann eine Kommode mit Hilfe einer der Männer in eine Nische im Flur.

Aus der Wohnung hörte ich Chiara quengeln und Valeria auf Italienisch auf sie einreden. Ich schloss meine Tür auf und ging direkt ins Badezimmer um zu duschen.

Nachdem ich geduscht und eine Kleinigkeit gegessen hatte, wollte ich es mir auf der Couch bequem machen.

Es klingelte an der Tür. Ich ging durch den Flur zur Wohnungstür. Im Spiegel sah ich, dass ich das Handtuch immer noch auf meinem Kopf hatte.

Ich öffnete trotzdem. Vor mir stand Daniel und grinste.

„Komme ich zu spät zum Duschen?" fragte er und zwinkerte mir zu.

Ich streckte ihm die Zunge heraus und sagte:

„Träum weiter!"

„Darf ich reinkommen?" fragte Daniel jetzt. Er schaute mich bittend an.

„Ja klar!" Ich ging zur Seite und ließ ihn in meine Wohnung.

„Daniel ging in mein Wohnzimmer und warf sich auf die Couch. Er klopfte mit der Hand auf den Platz neben sich. Ich setzte mich aber lieber auf den Sessel neben ihm.

Daniel schaute erstaunt und sagte dann leise: „Ich habe Dich vermisst. Die letzte Woche war wohl sehr stressig?"

„Ich hatte viel im Geschäft zu tun. Abends war ich dann einfach nur müde", antwortete ich.

Daniel beugte sich zu mir hinüber und wickelte mir langsam das Handtuch vom Kopf. Meine feuchten Locken fielen mir vor die Augen. Er streifte sie zur Seite und küsste mich vorsichtig. Es war wunderschön seine Lippen auf meinen zu spüren. Daniels Hände waren überall. Er flüsterte heiser:

„Du hast mir unendlich gefehlt. Lass Dich einfach fallen. Genieß den Augenblick."

Und das tat ich dann auch.

Als ich später wieder wach wurde, schnarchte Daniel leise neben mir. Ich musste lächeln.

Seine Haare standen in alle Himmelsrichtungen ab. Ich streichelte ihm sanft über den Kopf. Daniel öffnete die Augen. Er nahm mich in den Arm. Wir blieben noch eine Weile so liegen, bis es wieder an der Tür klingelte.

„Bleib doch einfach liegen!" murmelte Daniel. Ich stand aber auf, zog meinen Bademantel an und ging zur Wohnungstür.

Tom hatte geklingelt. Er sah mich an und schmunzelte.

„Sorry, dass ich Dich störe. Bist Du schon im Wochenend-Modus?"

„Was kann ich für Dich tun?" fragte ich, ohne auf seine Frage zu antworten.

„Ich wollte Dich fragen, ob Du vielleicht etwas Milch hast. Valeria wollte Chiara einen Kakao machen, hat aber leider nicht mehr genug Milch da."

„Ich schau mal nach!" sagte ich und ging in die Küche. Ich nahm eine angebrochene Milchtüte aus dem Kühlschrank und ging wieder in den Flur, als Daniel aus dem Wohnzimmer kam. Er hatte nur seine Jeans angezogen. Mit nacktem Oberkörper winkte er Tom zu und ging ins Badezimmer. Ich bekam einen roten Kopf. Tom schaute erstaunt, sagte aber nichts. Er nahm die Milch und bedankte sich.

Als ich die Tür wieder geschlossen hatte, merkte ich wie mein Herz klopfte. Es war mir peinlich, dass Tom jetzt wahrscheinlich dachte, ich sei mit Daniel zusammen. Ich atmete ein paarmal tief ein und ging dann in die Küche. Ich nahm eine Flasche Wein aus dem Kühlschrank und goss den Rest in ein Glas. Ich trank einen großen Schluck und reichte das Glas dann Daniel, der auch in die Küche gekommen war. Er lächelte und nahm mir das Glas aus der Hand.

„War es Dir unangenehm, dass unser neuer Nachbar mitbekommen hat, dass wir gerade miteinander geschlafen haben?" Daniel grinste mich an.

Ich streckte ihm die Zunge heraus, sagte aber nichts. Ich wollte jetzt eigentlich allein sein.

„Du bist eine fürchterliche Nervensäge!" sagte ich und musste selbst lachen. Daniel griff sich in die ohnehin wuscheligen Haare und raufte sie sich.

„Das hörte sich aber vorhin ganz anders an!" konterte er und küsste mich auf die Nasenspitze.

„Musst Du nicht lernen?" fragte ich.

„Willst Du mich loswerden?" Daniel grinste mich an. Er nahm mir das Glas ab und küsste mich leidenschaftlich. Dann ließ er mich los, ging ins Wohnzimmer, hob sein Hemd vom Boden auf und zog es an.

„Man sieht sich, schöne Nachbarin!" sagte er und schon war er an der Wohnungstür. Er warf mir noch eine Kusshand zu und war dann verschwunden.

Ich schaute etwas irritiert, musste dann aber lächeln. Ich war froh wieder allein zu sein. In meinem Bauch waren Schmetterlinge und in meinen Kopf nur Fragezeichen. Ich wollte mit Sabine telefonieren. Ich brauchte jetzt ihren Rat.

Sabine ging gleich ans Telefon.

„Hi Elena! Was gibt es Neues? Im Geschäft haben wir ja gar keine Chance mal zu reden!" sagte sie.

„Ich hoffe ich störe Dich nicht? Aber ich brauche mal jemanden zum Reden!" antwortete ich.

„Du störst doch nicht. Klaus schaut Fußball!" Sabine stöhnte. „Jetzt haben wir Zeit zum Quatschen!"

„Sabine, ich habe ein Problem. Ich weiß nicht, was ich machen soll. Ich schlafe mit Daniel, aber ich denke immer wieder an einen anderen Mann. Und das schlimme ist, er ist verheiratet und seit heute auch mein neuer Nachbar!"

„Mist!" fluchte Sabine. „Wann ist es denn passiert, wenn er erst heute eingezogen ist?"

Ich erzählte Sabine, wie ich Tom kennengelernt hatte und das er der Enkel von Georg ist. Ich erzählte ihr auch, dass Tom sich anscheinend auch zu mir hingezogen fühlt.

„Da hast Du jetzt wirklich ein Luxusproblem. Es gibt gleich zwei Männer zur Wahl!" Ich hörte wie Sabine durchschnaufte.

„Aber Tom ist doch verheiratet. Allerdings kriselte es in seiner Ehe. Seine italienische Frau fühlt sich hier nicht wohl und hat anscheinend eine Essstörung. Sie ist unheimlich dünn!" sagte ich.

„Aber trotzdem ändert es nichts an der Tatsache, dass er verheiratet ist und ein Kind hat. Daniel ist frei und schwer verliebt."

Sabine hatte Recht.

„Ich werde auf gar keinen Fall eine Ehe gefährden!" sagte ich.

„Braves Mädchen. Und wer weiß wie Tom im Alltag ist? Du fühlst Dich zu ihm hingezogen, aber kennst ihn doch eigentlich gar nicht!"

„Mein Verstand weiß das alles. Aber wenn ich ihn sehe, setzt dieser zeitweise aus!" antwortete ich.

„Du solltest aber Daniel eine Chance geben. Ihr müsst ja nicht gleich zusammen ziehen. Euch trennt ja eh nur eine Tür." Sabine lachte.

Wir unterhielten uns noch eine ganze Weile, dann hörte ich Klaus im Hintergrund etwas sagen.

„Der Herr hat Hunger!" sagte Sabine. „Ich muss mal Schluss machen. Schönen Sonntag. Wir sehen uns dann Dienstag im Geschäft!"

Wir verabschiedeten uns und ich machte es mir auf der Couch bequem.

Am nächsten Morgen merkte ich, dass ich kaum etwas zum Frühstücken im Haus hatte.

Ich zog mich an und wollte zu einer Bäckerei ganz in der Nähe gehen, um Brötchen zu kaufen.

Als ich die Wohnungstür öffnete, sah ich Daniel mit Valeria im Treppenhaus stehen. Sie unterhielten sich auf Italienisch. Ich schaute erstaunt zu Daniel. Als er mich sah, grinste er und sagte: „Guten Morgen Frau Engel!"

„Du kannst italienisch?" fragte ich.

„Ich kann mich einigermaßen verständigen. Ich war früher oft mit meinen Eltern in der Toskana. Da ist ein bisschen hängen geblieben!" antwortete Daniel und sagte etwas zu Valeria. Die lächelte jetzt und warf mir einen triumphierenden Blick zu.

Valeria mochte mich nicht. Das wurde immer deutlicher. Ob sie merkte was Tom in mir auslöste?

„Ich gehe zum Bäcker. Soll ich Euch was mitbringen?" fragte ich.

Daniel schüttelte den Kopf und fragte Valeria etwas. Auch sie schüttelte den Kopf.

„Okay. Dann noch einen schönen Sonntag!" sagte ich.

Unten auf der Straße atmete ich erst einmal durch. Die Nähe von Valeria machte mich irgendwie unsicher und ich musste mir eingestehen, dass sie mir äußerst unsympathisch war. Da ging es mir wahrscheinlich wie Georg. Der mochte sie augenscheinlich auch nicht.

Als ich in der Bäckerei ankam, hatte ich eine Idee. Ich kaufte ein paar Stücke Kuchen und nahm mir vor, Georg zu besuchen. Ich ließ das Frühstück ausfallen. Es war sowieso schon fast Mittag.

Ich ging zu Fuß bis zu Georgs Seniorenheim. Die Sonne schien und es tat mir gut, mich etwas zu bewegen.

Georg saß wie beim letzten Mal wieder im Garten. Er spielte Karten mit zwei Seniorinnen.

Als ich an den Tisch trat, lächelte Georg. Er stand auf und nahm mich in den Arm.

„Hallo Elena. Das ist aber schön, dass Du mich besuchst. Ich beende gerade noch dieses Spiel und dann habe ich Zeit für dich."

Die beiden älteren Damen musterten mich und lächelten dann freundlich.

„Das sind Hiltrud und Rosemarie!" sagte Georg. Ich begrüßte sie und setzte mich an den Tisch.

Nach zehn Minuten hatte Georg anscheinend das Spiel gewonnen. Er lachte froh und verabschiedete sich von den beiden Damen. Die marschierten mit ihren Rollatoren davon.

„Die Beiden sind ja goldig!" sagte ich zu Georg.

„Die haben Haare auf den Zähnen. Aber Karten spielen können sie." Georg zwinkerte mir zu.

„Am Wochenende ist Tom offiziell eingezogen, stimmt's?" sagte er.

„Ja, ich habe gesehen, dass er gestern gemeinsam mit Freunden die restlichen Sachen aufgebaut hat. Und heute Morgen habe ich Valeria im Treppenhaus gesehen.

Georg verdrehte die Augen. „Ich werde nicht warm mit dieser Person!" sagte er traurig.

„Das geht mir genauso. Ich habe das Gefühl, dass sie mich nicht mag. Außerdem ist sie sehr abweisend. Ich glaube sie würde am liebsten heute als morgen wieder zurück nach Italien!" antwortete ich.

„Genau das glaube ich auch. Ich kann Tom aber verstehen, dass er gern wieder in die Heimat zurück wollte. Außerdem ist sein Engagement in der Philharmonie eine große Chance. Aber Valeria ist hier wie ein Fremdkörper!"

Ich nickte. Georg schaute mir in die Augen.

„Elena, ich weiß das Du Dich zu Tom hingezogen fühlst. Aber spiel nicht mit dem Feuer!"

Ich seufzte und erzählte Georg, was zuletzt zwischen Tom und mir vorgefallen war.

Georg schüttelte langsam den Kopf. „Du bist eine wunderschöne Frau, da kann ein Mann schon einmal in Versuchung kommen.

Ich weiß auch, dass Du niemals eine Ehe zerstören würdest!" sagte er jetzt ernst.

Er nahm mich in den Arm. Wir saßen eine Weile so zusammen. Es tat so gut sich an seine Schulter zu lehnen. Seit meine Eltern gestorben waren, hatte ich immer alles allein mit mir ausmachen müssen. Jetzt hatte ich das Gefühl, das Georg auch für mich da war.

„Alles wird gut!" sagte ich. „Und jetzt essen wir den Kuchen!"

Ich ging in das Foyer des Seniorenheims und fragte nach Teller und Besteck.

Georg und ich saßen noch bis zum frühen Abend zusammen und redeten. Als ich mich verabschiedete, drückte er mich noch einmal fest und sagte: „Wenn Du mich brauchst, dann komm einfach vorbei! Ich bin immer für Dich da!"

Mir kamen die Tränen. „Das kann ich nur zurückgeben. Ruf mich an, wenn ich Dich einmal vor den beiden Damen retten soll!"

Georg lächelte. Ich küsste ihn auf die Wange und ging langsam wieder nach Hause.

Kaum hatte ich den Schlüssel in das Schloss gesteckt, da öffnete Daniel seine Wohnungstür.

„Da bist Du ja endlich. Wolltest Du nicht nur Brötchen holen?" fragte er.

„Ich wusste nicht, dass ich mich bei Dir abmelden muss!" sagte ich genervt.

„Ich hab mir einfach Sorgen gemacht!" Daniel war beleidigt.

„Ich habe Georg besucht", antwortete ich und öffnete meine Tür.

„Trinkst Du ein Glas Wein mit mir?" fragte Daniel.

Ich überlegte kurz und nickte dann. Daniel machte eine einladende Bewegung und hielt mir die Tür auf.

Als ich in seine Wohnung trat, bekam ich große Augen. Daniel hatte seinen Tisch gedeckt, ein großer Strauß Blumen stand in der Mitte und in einem Sektkühler stand eine Flasche Weißwein.

„Ich dachte, ich überrasche Dich mal mit einem selbstgekochten Essen." Daniel lächelte stolz. „Ich hoffe, es ist nicht verkocht. Ich dachte Du bist schnell wieder zuhause."

Jetzt hatte ich ein schlechtes Gewissen. „Wenn ich das gewusst hätte, wäre ich natürlich nicht erst zu Georg gefahren!" sagte ich entschuldigend.

„Alles in Ordnung!" antwortete Daniel. Er öffnete die Weinflasche und goss die beiden Gläser voll.

„Prost! Auf uns!" sagte er.

„Und auf Dein leckeres Essen. Was gibt es denn?" wollte ich wissen.

„Ich habe Chili con Carne gemacht. Das kann ich jetzt einfach noch einmal aufwärmen. Ist aber scharf!" Daniel grinste.

„Hmm lecker!" sagte ich. „Ich mag scharfes Essen!"

Daniel rückte einen Stuhl zur Seite, damit ich mich setzten konnte. Mein Blick schweifte durch das Zimmer. Daniel hatte aufgeräumt.

Die Bücher und Unterlagen hatte er auf dem Schreibtisch aufgetürmt.

„Es gibt etwas zu feiern. Ich habe am Freitag meine letzten Prüfungen bestanden. Ich bin fast durch mit dem Studium. Jetzt gehe ich ins praktische Jahr!"

„Herzlichen Glückwunsch Herr Doktor!" sagte ich und prostete Daniel zu.

„Die Doktorarbeit muss ich erst noch schreiben." Daniel erhob auch sein Glas. „Aber das hat noch etwas Zeit!"

Wir tranken Beide einen Schluck Wein. Daniel ging in die Küche. Ich hörte das Klappern von Topfdeckeln. Als Daniel mir meinen Teller gab, schaute er stolz.

„Sieht lecker aus!" sagte ich. Ich nahm ein Stück Brot und probierte vorsichtig das Chili.

Daniel schaute mich erwartungsvoll an. Ich musste aber erst einmal warten, bis das Brennen in meinem Mund nachgelassen hatte.

„Zu scharf?" fragte er.

„Das brennt einem ja Löcher in die Serviette!" sagte ich. Meine Augen tränten und ich schniefte.

Daniel aß auch einen Löffel voll und schüttelte den Kopf. „Ist doch gar nicht so schlimm!"

Ich musste lachen und aß vorsichtig noch etwas weiter, weil ich Daniel nicht enttäuschen wollte.

„Meine Lippen brennen wie Feuer!" sagte ich nach einer Weile.

„Dann muss ich wohl mal löschen!" Daniel stand auf und zog mich von meinem Stuhl nach oben.

Er nahm mich in den Arm und küsste mich zärtlich.

„Bleibst Du heute Nacht bei mir?" fragte er leise.

Nachdem ich genickt hatte, hob mich Daniel auf seine Arme und trug mich in sein Schlafzimmer.

In der Nacht aßen wir dann doch noch etwas von dem Chili und räumten den Tisch ab.

Am nächsten Tag hatte ich frei, weil ich Samstag gearbeitet hatte.

Ich wurde trotzdem kurz vor sieben wach. Ich stand leise auf und ging in Daniels Küche. Nachdem der Kaffee fertig war, schüttete ich einen Becher voll und stellte ihn auf das Nachttischchen neben Daniels Bett. Ich küsste ihm auf die wuscheligen Haare und ging zurück in meine Wohnung.

Dort zog ich mich wieder aus und kletterte in mein Bett. Ich war müde, weil wir in der Nacht nicht viel geschlafen hatten.

Als ich wieder wach wurde, war es schon später Vormittag. Die Sonne kitzelte meine Nase. Ich musste niesen und fühlte mich entspannt und glücklich.

Heute wollte ich in die Stadt zu fahren. Ich hatte Lust mir etwas Schönes zum Anziehen zu kaufen. Nach der Dusche trank ich nur einen Kaffee und fuhr dann mit meinem alten klapprigen VW Golf in das Parkhaus, das in der Nähe der Fußgängerzone lag.

Ich schlenderte an den Geschäften vorbei, schaute in die Auslagen in den Schaufenstern und genoss es einen freien Tag zu haben. Es war richtig warm geworden. Ich kaufte mir ein Eis in der Waffel und setzte mich damit auf eine Bank, von der aus ich die

Leute beobachten konnte. Viele hetzten an mir vorbei. Ein älteres Ehepaar lächelte mir zu. Ein kleines Mädchen quengelte und fragte die Mutter: „Kann ich auch ein Eis haben?"

Plötzlich hörte ich eine Stimme dicht hinter mir: „Na schöne Nachbarin! Musst Du nicht arbeiten oder hast Du Mittagspause?" Es war Tom. Er setzte sich neben mich und lächelte. Ich wurde rot.

„Ich habe heute meinen freien Tag!" antwortete ich.

„Gab es Schokoladeneis?" fragte Tom jetzt und schaute mir tief in die Augen.

„Woher weißt Du das?" fragte ich erstaunt.

„Du hast noch Reste auf der Oberlippe!" Tom lachte.

„Oh!" Ich versuchte meinen Mund abzuwischen.

„Alles wieder okay!" Tom schaute mich noch einmal genau an. „Kein Eis mehr zu sehen!"

„Was machst Du hier? Shoppen?" fragte ich nervös.

„Ich suche nach einem neuen Bettchen für Chiara. Sie schläft noch zwischen Valeria und mir. So langsam braucht sie aber ihr eigenes Bett!" Tom runzelte die Stirn.

Ich nickte. „Warum kommt Valeria nicht mit?"

Toms Miene verfinsterte sich. „Sie hat mal wieder Kopfschmerzen und wollte lieber zuhause bleiben!"

Er schaute auf seine Schuhe. Ich merkte, dass er mit der Situation unglücklich war.

Er seufzte und sagte dann: „Nächstes Wochenende wollten wir eine Einweihungsfeier machen. Freitagabend um zwanzig Uhr? Kommst Du?"

„Ja gerne!" sagte ich. „Kann ich Euch irgendwie helfen?"

Tom schüttelte den Kopf. „Nein, aber Du kannst Daniel fragen, ob er auch kommen möchte. Es werden einige andere Nachbarn und ein paar meiner Kollegen aus dem Orchester mit ihren Frauen kommen."

„Wie schön! Ich freue mich!" sagte ich und stand auf. „Dann werde ich mal schauen, ob ich was Schönes zum Anziehen finde!"

„Du siehst doch immer toll aus!" antwortete Tom und ich wurde wieder rot.

Tom lächelte und winkte zum Abschied. „Ciao Elena, wir sehen uns", sagte er. Ich nickte und ging in Richtung einer Boutique, wo ich nach einem neuen Kleid Ausschau halten wollte.

In dem Geschäft schlenderte ich an den Kleiderständern vorbei und konnte mich schließlich für ein schwarzes, sehr sexy geschnittenes Kleid entscheiden.

Als ich aus der Kabine trat und nach einem Spiegel suchte, kam mir auch gleich ein junger Verkäufer entgegen.

„Das Kleid steht ihnen wunderbar. Es passt wie angegossen!" Er strahlte mich an.

Ich warf einen Blick in den Spiegel und musste ihm Recht gegen. Das Kleid war ein Traum.

Es war vorne etwas höher geschnitten und hatte einen tiefen Rückenausschnitt.

„Sehr sexy!" sagte eine andere Kundin, die sich neben mich vor den Spiegel stellte.

„Vielen Dank!" antwortete ich und ging zurück in die Umkleidekabine.

Nachdem ich bezahlte hatte, ging ich noch in ein Schuhgeschäft. Um das Outfit zu vollenden brauchte ich noch ein paar passende Pumps.

Auch die fand ich relativ schnell und machte mich dann auf den Heimweg.

Zuhause angekommen klingelte ich bei Daniel, weil ich ihm von der Einladung zur Einweihungsfeier erzählen wollte.

Nach einer Weile öffnete sich die Tür und zu meinem Erstaunen stand Valeria vor mir.

„Hallo!" sagte ich. „Ich wollte zu Daniel."

Valeria schaute mich von oben bis unten an und drehte sich dann um. Sie rief etwas auf Italienisch und kurz darauf kam Daniel an die Tür.

„Hi Engelchen! Komm rein. Valeria und ich machen etwas Sprachunterricht. So lernt sie besser Deutsch und ich italienisch." Er lächelte zu Valeria hinüber.

Ich verspürte einen Stich und sagte aber nur: „Ich wollte Dir sagen, dass Tom und Valeria am Freitag eine Einweihungsfeier machen. Aber das weißt Du ja sicherlich schon.

„Ja. Valeria hat mich schon eingeladen. Willst Du nicht reinkommen?"

„Ich möchte nicht stören, außerdem bin ich etwas müde. Shoppen ist anstrengend. Ich schwenkte meine Einkaufstaschen.

„Machst Du später eine Modenschau für mich?" fragte Daniel.

„Heute nicht! Lass Dich überraschen. Am Freitag werde ich das neue Kleid vorführen!"

Ich schaute in die Wohnung, weil ich mich von Valeria verabschieden wollte. Sie saß mit genervter Mine am Tisch und wippte mit den Beinen. Sie hatte einen sehr kurzen Minirock an. Plötzlich merkte ich, dass ich eine gewisse Eifersucht verspürte. Deshalb umarmte ich Daniel nur kurz und ging in meine Wohnung.

Das konnte ja heiter werden. Valeria als Nachbarin zu haben hatte ich mir ganz anders vorgestellt. Sie konnte mich definitiv nicht leiden. Das war offensichtlich.

Ich hängte mein neues Kleid auf einen Bügel und stellte die Schuhe in den Schrank. Danach ging ich unter die Dusche. Als ich mir gerade die Haare eingeschäumt hatte, klingelte mein Telefon.

Ich stöhnte, duschte aber in Ruhe zu Ende und schaute dann nach, wer mich angerufen hatte.

Ich war ganz erstaunt, als ich sah, dass mein Chef Herr Weber versucht hatte mich zu erreichen.

Ich rief direkt zurück und war beunruhigt.

Herr Weber meldete sich sofort.

„Guten Tag Frau Engel! Schön, dass Sie zurück rufen. Ich habe leider eine sehr schlechte Nachricht für Sie und auch für einige andere Mitarbeiter. Ich muss leider Sie und noch zwei weitere Verkäuferinnen entlassen. Das Geschäft läuft seit Monaten sehr schlecht und ich muss diesen Weg gehen. Es tut mir sehr leid."

Mir wurde schwarz vor Augen.

„Ich weiß nicht was ich sagen soll. Gibt es keine andere Möglichkeit?" fragte ich entsetzt.

„Es tut mir leid. Ich habe lange versucht es noch abzuwenden, aber ich werde wahrscheinlich das Geschäft über kurz oder lang aufgeben müssen."

Ich schluchzte und konnte nur noch fragen: „Wie geht es denn jetzt für mich weiter?"

„Sie können erstmal zuhause bleiben. Sie haben ja noch Urlaub zu bekommen. Ich bezahle sie die nächsten zwei Monate noch weiter. Dann können Sie sich in Ruhe etwas Neues suchen!

Alles Gute Frau Engel und vielen Dank für Ihre gute Arbeit und Ihren Einsatz!" Dann legte er auf.

In meinen Ohren rauschte es und mir wurde schlecht. Ich war arbeitslos. Was sollte ich jetzt machen? Ich weinte und war verzweifelt.

Kurz darauf klingelte mein Telefon erneut. Es war Sabine. Auch sie hatte die Kündigung erhalten.

Wir konnten es nicht glauben und versuchten uns gegenseitig zu trösten. Sabine hatte ja Klaus, der einen gut bezahlten Job hatte. Aber ich war auf mich allein gestellt. Ein paar Wochen konnte ich überbrücken, aber dann wurde es eng.

Nach dem Telefonat mit Sabine ging es mir etwas besser. Mein Chef wollte mich noch zwei Monate weiter bezahlen und ich hatte auch noch ein paar Ersparnisse.

Trotzdem fiel ich in ein tiefes Loch. Die Arbeit in dem Modeladen hatte mir immer viel Spaß gemacht. Vor allem, wenn ich mit Sabine zusammen arbeiten konnte.

Sabine hatte am Telefon zum Schluss gesagt: „Dann haben wir eben erstmal bezahlten Urlaub! Wir können uns in Ruhe etwas Neues suchen. So Super-Verkäuferinnen wie wir haben im Nu einen neuen Job!"

Ihr Wort in Gottes Ohr!

Ich nahm mir vor, am nächsten Tag Georg im Seniorenheim zu besuchen. Ich brauchte seinen Rat. Bei ihm hatte ich das Gefühl, dass er mir ehrlich helfen konnte. Er hatte so viel Lebenserfahrung.

Um den Kopf frei zu bekommen ging ich in einem kleinen Park um die Ecke erst einmal joggen. Ich nahm mir vor mein Auto zu verkaufen. Es kam wahrscheinlich sowieso nicht mehr ohne größere und teure Reparaturen durch den TÜV.

So konnte ich auch die Kosten für Versicherung und Benzin sparen.

Je länger ich lief, umso besser ging es mir. Es sah finanziell erst einmal gar nicht so schlecht aus, wie ich befürchtet hatte. Die Tatsache, ab morgen nicht mehr zur Arbeit gehen zu müssen, war ebenso beängstigend wie erleichternd. Seit der Trennung von Tobias war ich irgendwie nicht richtig zur Ruhe gekommen.

Ich lief eine weitere Runde und dann wieder nach Hause, weil es anfing zu regnen.

Ich duschte heiß und rief dann Georg an. Der freute sich sehr und wir vereinbarten, dass ich am nächsten Tag am Nachmittag vorbei kommen würde.

Als ich am nächsten Morgen aufstand, schien wieder die Sonne. Ich atmete tief durch und ging in die Küche. Mit dem Kaffeebecher in der Hand ging ich in mein Wohnzimmer. Ich setzte mich an den kleinen Schreibtisch, der im Erker unter dem Fenster stand. Ich wollte nach Stellenanzeigen schauen. Vielleicht war ja etwas dabei, was für mich in Frage kam. Die Tatsache zum Arbeitsamt gehen zu müssen, war sehr belastend für mich.

Leider war gar kein Stellenangebot für den Einzelhandel dabei. Als ich noch etwas im Internet surfte, klingelte es an der Tür.

Daniel schaute erstaunt, als ich öffnete und fragte: „Bist du krank? Oder hast Du heute frei?"

„Komm rein!" sagte ich und ließ ihn in meine Wohnung.

Wir setzten uns auf meine Couch und ich erzählte ihm, was passiert war.

Daniel schüttelte den Kopf und nahm mich in den Arm.

„Das ist natürlich bitter. Aber der Einzelhandel muss kämpfen, viele Leute kaufen nur noch online. Dass Dein Chef Dich und Deine Kolleginnen noch zwei Monate weiter bezahlt, finde ich fair. Trotzdem ist es bestimmt ein Schock für Dich!"

Er drückte mich und gab mir einen Kuss auf die Wange.

„Du findest bestimmt etwas Neues. Ich höre mich auch mal um!"

Ich seufzte und fragte ihn: „Möchtest Du auch einen Kaffee?"

„Ja gerne, den Duft habe ich schon im Treppenhaus gerochen. Deshalb habe ich geklingelt. Normalerweise bist Du ja schon längst unterwegs!"

„Ich fange übrigens nächste Woche mein AiP an." Daniel schaute strahlend zu mir hinüber.

„Was ist das denn?" wollte ich wissen.

„Das bedeutet Arzt im Praktikum. Ich habe einen Platz im St. Josefs Krankenhaus bekommen."

Wir unterhielten uns noch eine Weile, dann sagte Daniel: „Ich muss jetzt wieder rüber. Valeria kommt gleich zum Deutschkurs!" Er grinste.

Ich schaute erstaunt und sagte nur: „Gut das sie endlich versucht sich hier verständigen zu können. Tom hat letztens noch einmal erwähnt, dass er sich das wünscht."

„Du magst sie nicht, stimmt's?" fragte Daniel.

„Da hast Du Recht, aber das beruht auf Gegenseitigkeit."

„Bist Du eifersüchtig, weil ich sie unterrichte und somit öfter mit ihr zusammen bin?" fragte Daniel und schaute mir tief in die Augen.

Ich wurde rot und fühlte mich irgendwie ertappt. Aber ich sagte: „Nein, Du kannst ja machen was Du willst!"

Daniel stand auf und ging langsam in den Flur. Er drehte sich noch einmal um.

„Valeria ist eifersüchtig auf Dich. Sie hat gemerkt, dass Tom Dir sehr viel Aufmerksamkeit schenkt und mit Dir flirtet. Und ich weiß, dass Du in ihn verliebt bist. Das macht mich unendlich traurig und eifersüchtig."

Er öffnete die Tür und schloss sie ohne ein weiteres Wort hinter sich.

Mir wurde auf einmal klar, dass ich Daniel sehr verletzt hatte. Aber ich konnte mir zurzeit darüber keine Gedanken machen. Es gingen so viele Gedanken durch meinen Kopf und ich war froh, dass ich später mit Georg sprechen konnte. Ich brauchte jetzt jemanden, der mir hoffentlich einen Rat geben konnte.

Am Nachmittag kaufte ich Kuchen und machte mich auf den Weg zum Seniorenheim.

Georg begrüßte mich und ich nahm ihn in den Arm. Wir gingen in den Aufenthaltsraum und ließen uns einen Kaffee bringen. Wir aßen den Kuchen, als Georg plötzlich fragte: „Ist alles gut bei Dir Elena? Du siehst so traurig aus!"

Mir kamen plötzlich die Tränen und ich drückte Georgs Hand.

Als ich mich wieder beruhigt hatte, erzählte ich Georg von dem Gespräch mit meinem Chef und auch von mir und Daniel. Es sprudelte nur so aus mir heraus. Georg unterbrach mich nicht.

„Ach Elena, das tut mir sehr leid. Dass Daniel und Du euch näher gekommen seid, finde ich allerdings sehr schön. Ihr passt perfekt zusammen. Du weißt, dass ich Daniel sehr gern mag. Er ist ein guter Mensch."

Ich nickte und trocknete mir mit einem Papiertaschentuch die Tränen.

„Das war alles etwas viel für Dich in den letzten Wochen!" sagte Georg. „Erst die Trennung von Tobias und jetzt der Jobverlust. Du musst Dich doch auch nicht sofort für eine Beziehung mit Daniel entscheiden. Aber Du solltest ihm zeigen, dass es nicht hoffnungslos ist, wenn Du ihn nicht verlieren willst."

Georg hatte Recht und schlagartig ging es mir besser. Wir tranken noch eine weitere Tasse Kaffee und dann verabschiedete ich mich von Georg. Ich nahm ihn zum Abschied noch einmal in den Arm. Er lächelte und sagte: „Du machst das schon Elena. Du bist ein cleveres Mädchen und einen neuen Job findest Du sicher auch bald!"

Die nächsten Tage war ich damit beschäftigt mir einen neuen Job zu suchen. Ich studierte die Zeitungen und suchte im Internet, aber so einfach war das alles doch nicht.

Am Freitagabend war dann die Einweihungsfeier bei Tom und Valeria.

Ich zog mein neues Kleid an und betrachtete mich im Spiegel. Ich war sehr zufrieden mit mir. Meine Locken umrahmten mein Gesicht und das Kleid passte perfekt und sah sehr sexy aus.

Ich hatte das traditionelle Geschenk, ein Körbchen mit Salz und Brot dabei. Außerdem hatte ich noch eine teure Flasche Wein gekauft.

Valeria öffnete die Tür und nahm mir ohne ein Wort zur Begrüßung, mein Geschenk ab. Sie deutete mit einer Geste an, ich solle ins Wohnzimmer gehen.

Am liebsten wäre ich gleich wieder gegangen. Valeria war unmöglich und das lag nicht daran, dass sie kaum deutsch sprach.

Tom unterhielt sich mit einem jungen Mann. Als er mich sah, kam er auf mich zu und gab mit einen Kuss auf die Wange.

„Hallo Elena. Du siehst phantastisch aus. Herzlich willkommen!" sagte er. Er reichte mir ein Glas Sekt und wir prosteten uns zu.

„Alles Gute und immer nur glückliche Stunden in der neuen Wohnung!" sagte ich und stieß mein Glas an das von Tom.

Ich schaute mich um. Es waren einige Leute da, die ich alle nicht kannte. Tom stellte sie mir als Kollegen aus dem Orchester vor.

Eine Nachbarin, Frau Seeger aus dem Erdgeschoss, stand am Fenster und schob sich gerade ein Häppchen in den Mund. Sie winkte mir zu.

Außerdem war die junge Familie aus der Wohnung unter mir gerade angekommen. So nach und nach kamen die restlichen Nachbarn. Nur Daniel war noch nicht eingetroffen.

Valeria stand mitten im Raum und schaute nervös von einem zum anderen.

Als ihr Blick an mir hängen blieb, verfinsterte sich ihre Mine noch mehr. Ich versuchte es zu übersehen und nahm mir einen Teller vom Tisch. Ich hatte Hunger und bediente mich am Catering.

Tom kam nach einer Weile und goss mir Sekt nach. Er sagte leise: „Sei nicht böse auf Valeria. Sie kommt sich überflüssig vor und ist eifersüchtig auf Dich. Du siehst aber auch verboten sexy aus."

Toms Blick ließ mich sofort wieder rot werden und mir wurde heiß. Deshalb sagte ich:

„Dann kümmere Dich mal lieber um Deine Frau. Ich möchte nicht, dass sie mir noch mehr böse Blicke zuwirft."

Ich unterhielt mich gerade mit Frau Seeger, als Daniel in den Raum kam. Valeria himmelte ihn an und gab ihm ein Glas Sekt. Sie flüsterte ihm leise etwas zu. Ich hätte ihr am liebsten eine Ohrfeige verpasst, weil ich wusste, dass sie es nur tat um mich zu ärgern.

Daniel drehte sich um und schaute mich an wie das achte Weltwunder. Er ließ Valeria stehen und kam auf mich zu.

„Du siehst wunderschön aus. Das Kleid ist der Hammer. Mir verschlägt es die Sprache!"

„Vielen Dank!" sagte ich leise. „Du solltest erstmal den Rückenausschnitt sehen. Dann bleibt Dir auch noch die Luft weg!" Ich grinste.

Daniel drehte mich etwas um und schaute sich meine Rückenansicht an.

„Das haut selbst einen Eskimo vom Schlitten. Du siehst aus wie ein Model." Er pfiff leise.

Ich musste lachen. Auf einmal stand Valeria neben Daniel und zog ihn in Richtung Küche. Ich konnte ja verstehen, dass sie froh war, sich mit Jemanden etwas unterhalten zu können, aber die Art und Weise machten mich wütend.

Tom stand mit einer Nachbarin in einer Ecke des Raumes und sah zu mir hinüber. Er beobachtete mich schon die ganze Zeit. Ich konnte es aus dem Augenwinkel sehen. Er machte mich nervös.

Ich wollte gerade zu einem anderen Nachbarn gehen, als sich Tom vor mich stellte.

„Ich kann die Augen gar nicht von Dir lassen!" sagte er.

„Das habe ich gemerkt und es ist mir etwas unangenehm. Deine Frau ist schon eifersüchtig genug!" antwortete ich und wollte an ihm vorbei gehen. In diesem Moment schüttete mir Valeria, die gerade aus der Küche kam, ihren Sekt ins Gesicht.

Der Sekt lief mir ins Dekolleté und auch meine Haare hatten eine Portion abbekommen. Ich schaute Valeria entsetzt an und lief dann ohne ein weiteres Wort zur Wohnungstür. Ich war so über Valerias Aktion geschockt, dass ich weinen musste.

Ich öffnete die Tür und ging auf direktem Weg zurück in meine Wohnung. Dort merkte ich, wie ich am ganzen Körper zitterte. Ich war unglaublich wütend und musste mich erst einmal beruhigen.

Ich zog das Kleid aus. Es hatte Gott sei Dank nicht viel von dem Sekt abbekommen. Ein Blick in den Spiegel zeigte mir, dass sich mein Makeup verabschiedet hatte und meine Locken klebten durch den Sekt an meiner Stirn.

Es klopfte an der Tür. Ich öffnete vorsichtig. Es war Daniel.

„Du lässt ja nichts aus, um Aufmerksamkeit zu bekommen!" sagte er und zwinkerte mir zu.

„Sehr witzig!" antwortete ich, aber ich musste lächeln.

Daniel hatte eine wunderbare Art mich zu beruhigen. Er nahm meine Hand und schaute an mir hinunter. Die Dessous unter Deinem sexy Kleid sind auch nicht übel."

Erst jetzt dachte ich daran, dass ich fast nackt war.

Ich ging schnell in mein Schlafzimmer und holte meinen Morgenmantel.

„Ich gehe schnell duschen. Bleibst Du hier?" fragte ich. Daniel nickte. Er setzte sich auf die Couch.

„Bis gleich!"

Nach der Dusche fühlte ich mich besser. Ich ging in die Küche und holte eine Flasche Wein aus dem Regal.

Ich setzte mich zu Daniel und schüttete uns ein Glas Rotwein ein.

„Ich kann Valeria schon verstehen! Sie ist sehr eifersüchtig und Tom hat Dich ja mit den Augen ausgezogen. Natürlich war es völlig unangemessen, so zu reagieren." Daniel trank einen Schluck Wein.

„Sie hat mich völlig lächerlich gemacht, dabei kann ich doch nichts dafür, wenn ihr Mann auf mich steht. Sie hätte ihm den Sekt über den Kopf schütten sollen. Das hätte ihn vielleicht etwas abgekühlt."

„Du hast das mit diesem Kleid aber auch provoziert!" antwortete Daniel.

Ich wollte etwas sagen, aber insgeheim wusste ich, dass Daniel eigentlich Recht hatte.

Daniel zog mich zu sich herüber und nahm mich in den Arm.

„Was ist das eigentlich zwischen Dir und Tom?" fragte er leise.

„Das Gleiche wie zwischen Dir und Valeria!" antwortete ich pampig.

„Aber da ist doch nichts! Jedenfalls nicht von meiner Seite!" Daniel streichelte über mein Haar.

Ich seufzte. Wir saßen eine Weile so zusammen, als Daniel plötzlich aufstand.

„Ich gehe mal wieder zu mir rüber. Ich würde sehr gern bei Dir bleiben. Aber ich möchte, dass Du Dir erst einmal darüber klar wirst, was Du willst. Bis dahin ziehe ich mich erst einmal zurück. Gute Nacht Elena. Schlaf schön!"

Ich war wie vor den Kopf geschlagen und konnte nichts dazu sagen. Daniel hatte die Wohnung sowieso schon verlassen.

In der Nacht konnte ich kaum schlafen. Immer wieder hatte ich die unschöne Szene mit Valeria vor Augen. Ich hatte ein schlechtes Gewissen. Ich wusste, dass ich insgeheim schon mit Tom geflirtet und seine Nähe genossen hatte. Das war ein Spiel mit dem Feuer. Ich wollte mich mit Valeria aussprechen und Daniel sollte für mich übersetzen. Ich nahm mir vor, ihn am nächsten Tag zu fragen, ob er mir helfen könnte.

Als ich am nächsten Tag am späten Vormittag bei Daniel klingelte, war er nicht da. Ich versuchte es noch einmal am Nachmittag. Leider erreichte ich ihn wieder nicht. Ich schlich zurück in meine Wohnung und war froh, dass mir weder Tom noch Valeria im Treppenhaus begegnet waren.

Am späten Abend ging ich ein drittes Mal zu Daniel hinüber und diesmal war er zuhause.

„Hast Du kurz Zeit für mich?" fragte ich ihn. Er nickte und ließ mich in die Wohnung.

„Ist die Arbeit im Krankenhaus so anstrengend? Du siehst sehr müde aus!" fragte ich.

„Ich bin stehend k.o.!" Daniel ließ sich in seinen Sessel plumpsen.

„Ich halte Dich nicht lange auf. Ich wollte Dich nur fragen, ob Du mir mit Valeria helfen kannst! Ich möchte mich mit ihr aussprechen und bräuchte Dich als Dolmetscher!"

Daniel überlegte kurz und sagte dann: „Das ist eine gute Idee. Diese unangenehme Sache sollte aus der Welt geschafft werden!"

„Kannst Du sie, wenn Du Zeit hast, mal ansprechen und fragen ob sie überhaupt eine Aussprache möchte?"

Daniel schaute mich lange an und sagte dann: „Für Dich würde ich alles tun Elena. Das weißt Du doch!"

„Ich danke Dir. Du bist wirklich ein toller Mann!"

Daniel grinste und meinte dann: „Das sagen sie alle!"

Ich lächelte ihn an und stand auf.

„Ich lass Dich jetzt mal allein, damit Du Dich ausruhen kannst. Sag mir einfach Bescheid, wenn Du mit Valeria gesprochen hast!"

„Mach ich Engelchen! Ich melde mich!"

Ich drückte Daniel und merkte wie mir ein Stein vom Herzen fiel. Auf ihn war immer Verlass.

In den nächsten beiden Tagen hörte ich nichts von Daniel. Auch Tom oder Valeria bekam ich nicht zu Gesicht.

Aber ich hatte einen Termin für ein Vorstellungsgespräch. Durch eine Annonce in der Wochenendausgabe meiner Tageszeitung hatte ich ein Stellenangebot gefunden. Eine kleine Boutique suchte eine Verkäuferin.

Am Mittwochnachmittag fuhr ich in die Stadt und ging mit klopfenden Herzen in die Boutique. Dort musste ich eine Weile warten. Meine Aufregung stieg mit jeder Minute. Nachdem eine Frau um die Vierzig eine Kundin verabschiedet hatte, kam sie lächelnd auf mich zu.

„Frau Engel?" fragte sie. Ich nickte.

„Mein Name ist Berger. Ich bin die Inhaberin. Ich freue mich, dass Sie Interesse an der Stelle haben. Ich suche Jemanden, der mich unterstützt. Allerdings brauche ich nur eine Teilzeitkraft.

Ich schluckte. Das ging aus der Stellenanzeige nicht hervor oder ich hatte es überlesen.

„Ich glaube dann muss ich sie enttäuschen!" sagte ich. Ich brauche einen Vollzeitjob, sonst komme ich mit dem Gehalt nicht über die Runden."

Frau Berger schaute enttäuscht. Sie nickte dann aber verständnisvoll und antwortete: „Das kann ich verstehen. Es ist sehr schade, denn ich hätte mir eine Zusammenarbeit mit Ihnen gut vorstellen können."

Nachdem ich mich verabschiedet hatte, war ich frustriert. Dieses Vorstellungsgespräch hätte ich mir schenken können. Ich ärgerte mich auch, dass ich am Telefon nicht gleich nach den Arbeitszeiten gefragt hatte. Ich nahm mir vor, dass ich das nächste Mal besser vorbereitet sein würde.

Ich ging in ein nahegelegenes Café und bestellte mir einen Espresso.

Als ich mich umschaute, traute ich meinen Augen nicht. In einer Ecke saß Tom mit einer jungen Frau und flirtete unverhohlen mit ihr. Er hielt ihre Hand und streichelte ihre Finger.

Auf einmal wurde mir auf einen Schlag etwas klar. Valeria hatte allen Grund zur Eifersucht. Tom hatte sie sicherlich schon einmal betrogen und ihre Angst, dass ich die nächste Geliebte sein könnte, war nicht unbegründet. Sie tat mir auf einmal sehr leid.

In diesem Moment hatte Tom mich entdeckt und schaute erschrocken gleich wieder zur Seite. Er rutsche unruhig auf seinem Stuhl hin und her. Seine Begleiterin stand nach einer Weile auf und ging an mir vorbei in Richtung der Toiletten.

Diese Gelegenheit nahm Tom wahr und kam zu mir an den Tisch.

„Es ist nicht so wie es aussieht. Das ist nur eine Kollegin!" sagte er, aber sein Gesichtsausdruck sagte etwas anderes.

„Du musst mir nichts erklären. Aber ich verstehe jetzt Deine Frau. Sie hat anscheinend allen Grund Dir zu misstrauen!" antwortete ich bitter.

„Es ist so schwierig mit Valeria. Sie versteht mich nicht. Ich weiß nicht, ob wir überhaupt zusammen passen!" Tom seufzte.

„Das ist kein Grund sie zu betrügen. Ihr habt eine kleine Tochter und solltet um eure Ehe kämpfen." Ich schüttelte verständnislos den Kopf.

„Ich bin halt nur ein Mann mit Bedürfnissen. Und die kann mir Valeria nicht mehr erfüllen!" Tom schaute spöttisch.

Ich konnte seine Worte hören, aber nicht verstehen. Das hatte ich wirklich nicht erwartet. Ich war schockiert.

Tom schaute sich um und sah, dass seine Begleitung wieder zurückkam. Er ging schnell wieder zurück an seinen Tisch.

Kurz darauf bezahlte er und die Beiden verließen das Café.

Ich atmete tief durch. Das war eine sehr unangenehme Situation und meine Enttäuschung über Tom war groß. Er war ein gutaussehender Charmeur, auf den ich auch fast hereingefallen wäre.

Auf dem Weg nach Hause gingen mir tausend Gedanken durch den Kopf. Ich war vor allem erschrocken über meine schlechte Menschenkenntnis.

Im Treppenhaus kam mir Daniel entgegen. Er war auf dem Weg ins Krankenhaus. Er hatte Spätdienst und kaum Zeit für ein Gespräch. Er versprach mir, sich am nächsten Tag zu melden. Zum Abschied gab er mir einen Kuss auf die Wange und lief dann die Treppe hinunter.

Am späten Abend rief Sabine an, um mir mitzuteilen, dass sie nicht weiter nach einem neuen Job suchen würde. Sie war schwanger!

„Das ist ja eine wundervolle Nachricht!" sagte ich. „Ich freue mich total für Euch! Herzlichen Glückwunsch!"

Sabine war überglücklich. Sie und Klaus wollten schon lange ein Kind. Jetzt hatte es endlich geklappt.

Nachdem wir uns verabschiedet hatten, fühlte ich plötzlich eine Leere in mir und wurde sehr traurig. Wann würde ich einen Mann fürs Leben finden und eine Familie gründen?

Was hatte Sabine zum Abschied gesagt?

„Lass doch endlich los und genieß das Leben. Du denkst zu viel nach. Und ein wirklich wundervoller Mann wohnt direkt neben Dir. Bist Du denn blind?"

Ich wurde aus meinen Gedanken gerissen, weil ich aus der Wohnung von Tom und Valeria Geschrei und Türenknallen hörte. Ich konnte aber nicht verstehen um was es ging, da die Beiden Italienisch sprachen. Man hörte Chiara laut weinen. Ich wollte schon hinüber gehen, da wurde es auf einmal wieder still. Ich horchte noch eine Weile, aber die Situation nebenan schien sich beruhigt zu haben.

Am nächsten Tag schlief ich lange und duschte anschließend ausgiebig. Gegen halb zwölf klingelte es dann an meiner Tür. Davor stand ein gutgelaunter Daniel mit einer Rose in der Hand.

Ich musste lächeln.

„Komm rein, Du Rosenkavalier!" sagte ich.

Daniel lachte laut. Er gab mir die Rose mit den Worten: „Für einen Strauß hat es leider nicht gereicht. Ich verdiene noch nicht das große Geld. Dafür mache ich aber jede Menge unbezahlter Überstunden."

Er ließ sich auf meine Couch fallen und fragte nach einem Kaffee.

Ich ging in die Küche und stellte die Rose in eine Vase. Dann kochte ich Kaffee und fand noch eine Schachtel Kekse im Schrank.

Als ich mit den Kaffeebechern und den Keksen ins Wohnzimmer kam sagte Daniel: „Es gibt Neuigkeiten! Valeria hat Tom verlassen. Sie ist heute früh mit Chiara ausgezogen. Sie war vorhin bei mir und hat sich verabschiedet."

Ich musste mich erst einmal setzen. Deshalb war gestern der Streit. Aber ich war überrascht, dass Valeria die Konsequenzen gezogen hatte. Soviel Initiative hatte ich ihr gar nicht zugetraut.

„Sie geht erstmal wieder zurück zu ihren Eltern nach Italien. Es war ein Fehler überhaupt nach Deutschland zu kommen. Die Ehe war schon vorher am Ende. Tom hatte wohl auch früher schon einige Affären."

Ich nickte. Dann hatte ich es doch richtig vermutet.

„Ich habe Tom gestern zufällig mit einer Frau händchenhaltend in einem Café gesehen. Das ist wirklich schlimm, was er mit Valeria gemacht hat. Jetzt ist natürlich klar, warum sie immer so traurig war. Sie hat ja in jeder Frau eine Konkurrentin gesehen."

„Ich war auch ganz schön eifersüchtig", sagte Daniel plötzlich.

„Ich schäme mich, dass ich so blind war. Aber jetzt weiß ich, dass Tom nicht treu sein kann. Es tut mir nur leid, dass ich Valeria so unrecht getan habe."

„Ich soll Dir von Ihr ausrichten, dass es ihr wahnsinnig Leid tut, was sie getan hat. Sie möchte sich entschuldigen."

„Schon vergessen!" Ich nahm einen Schluck Kaffee.

„Ich hoffe, dass sie mit Chiara bei Ihren Eltern erst einmal zur Ruhe kommen kann."

Daniel blieb noch eine Weile. Ich kuschelte mich auf der Couch in seinen Arm und schlief irgendwann ein. Als ich wieder wach wurde, war ich allein. Auf dem Tisch, neben der Blumenvase mit der Rose, lag ein Zettel.

Schlaf schön Dornröschen. Ich küsse Dich später wieder wach!

Am Abend setzte ich mich noch einmal an mein Laptop und studierte die Stellenanzeigen. Auf einmal fiel mein Blick auf eine Annonce.

Ein großes Möbelhaus suchte eine Innenarchitektin. Das war schon immer mein Traum gewesen. Leider konnte ich damals durch den Tod meiner Eltern nicht studieren. Ich musste so schnell wie möglich Geld verdienen. Aber aufgegeben hatte ich den Traum nie wirklich. Vielleicht sollte ich doch noch ein Studium beginnen. Ich war noch jung genug. In meinem Kopf überschlugen sich auf einmal die Gedanken.

Dann nahm ich das Telefon und rief Frau Berger, die Inhaberin der kleinen Boutique auf dem Handy an. Mit dem Teilzeitjob könnte ich mir mein Studium finanzieren. Ich war ganz aufgeregt, als Frau Berger sich meldete.

„Guten Abend, hier ist Elena Engel. Ich wollte Sie fragen, ob die Stelle in ihrer Boutique noch zu haben ist?"

„Hallo Frau Engel! Die Stelle ist noch frei. Haben Sie es sich anders überlegt?" Ich hörte aus ihrer Stimme heraus, dass Frau Berger sich freute.

Ich erzählte ihr, was ich vorhatte. Durch den Teilzeitjob würde ich noch genug Zeit für ein Studium haben. Meine finanzielle Situation sah dadurch gar nicht schlecht aus.

Wir vereinbarten, dass ich in der nächsten Woche zu einem Probe Tag kommen sollte. Wir wollten sehen ob, eine Zusammenarbeit funktionieren würde.

Als ich aufgelegt hatte, klopfte mein Herz wie wild. Gleich morgen wollte ich mich in der Universität erkundigen, wann das nächste Semester startete. Ich wollte mich direkt einschreiben.

Ich hätte es am liebsten gleich Daniel erzählt, aber der würde erst morgen früh aus dem Spätdienst kommen.

In der Nacht schlief ich schlecht. Mir gingen tausend Dinge durch den Kopf und ich war euphorisch bei dem Gedanken, mir meinen Traum doch noch erfüllen zu können.

Am nächsten Morgen war ich schon um sieben Uhr wach und ging gleich zum Bäcker. Als ich mit der Brötchentüte vor meiner Tür stand, öffnete sich die Tür zur Wohnung nebenan und Tom streckte den Kopf heraus.

„Hast Du einen Moment Zeit für mich?" fragte er leise.

Ich überlegte kurz und nickte dann. Tom ließ mich in die Wohnung.

„Möchtest Du einen Kaffee?" fragte er.

„Gerne! Hast Du Lust auf ein Croissant?" Ich hielt die Brötchentüte hoch.

„Ich habe keinen Hunger! Ich glaube Du hast schon mitbekommen, dass Valeria mit Chiara ausgezogen ist. Ich bin geschockt. Damit hätte ich nie gerechnet." Tom sah verzweifelt aus.

„Das tut mir sehr leid, aber ich kann sie verstehen. Welche Frau möchte schon gern betrogen werden!"

Tom nickte traurig. Er ging in die Küche und holte eine Kaffeekanne. Nachdem er die Tassen gefüllt hatte, setzte er sich zu mir an den Tisch.

„Eigentlich war unsere Ehe schon lange kaputt. Wir sind nur wegen Chiara zusammen geblieben.

Aber Du hast Recht, ich habe mich schäbig verhalten und schäme mich dafür."

„Genau so sehe ich das auch. Du hast doch ein Verhältnis mit Deiner Kollegin aus dem Orchester. Und mit mir hast Du auch schamlos geflirtet. Du wusstest, dass ich mich zu Dir hingezogen gefühlt habe. Fast hätte ich meine guten Vorsätze vergessen!"

Tom grinste verlegen. „Du bist eine wahnsinnig attraktive Frau. Es tut mir leid, dass ich Dich in diese Situation gebracht habe. Das es am Tag unserer Einweihungsfeier soweit kommen musste, war schlimm!"

„Lass uns das vergessen. Ich wünsche Dir, dass Ihr es schafft den Kontakt zwischen Dir und Deiner Tochter aufrecht zu halten. Valeria wird wohl nicht zurückkommen, oder?"

„Sie möchte erstmal nicht mit mir reden", sagte Tom.

„Wie hat sie denn von Dir und dieser anderen Frau erfahren?" wollte ich wissen.

„Sie hat Nachrichten auf meinem Handy gelesen und mich damit konfrontiert. Ich habe ihr dann die Wahrheit gesagt!"

Ich trank den letzten Schluck Kaffee und stand auf.

„Ich hoffe, dass Du und Valeria es schafft wieder wenigstens miteinander zu reden. Viel Glück!"

Tom seufzte: „Danke Elena. Du bist eine tolle Frau!" sagte er, als er die Tür öffnete.

Das hörte auch Daniel, der die letzten Stufen herauf gelaufen kam. Er sah mich ungläubig an. Ich konnte in seinen Augen sehen, dass er die Situation vollkommen missverstand.

Er ging ohne ein Wort an uns vorbei und dann direkt in seine Wohnung.

„Verdammt, das hat er jetzt falsch verstanden!" sagte Tom. „Soll ich es richtig stellen?"

„Das mache ich lieber selbst. Ich denke, er wird Dir sowieso kein Wort glauben", antwortete ich.

Ich ging in meine Wohnung zurück. Die Brötchentüte warf ich auf den Tisch. Mir war der Appetit vergangen.

Ich wollte später zu Daniel hinüber gehen. Er sollte erst einmal ausschlafen. Vielleicht hatte er sich bis dahin beruhigt. Es war ja auch gar nichts gewesen. Meine Schwärmerei für Tom hatte sich ein für alle Mal erledigt. Ich wusste gar nicht mehr, was ich früher an ihm gefunden hatte.

Ein paar Stunden später klingelte ich bei Daniel, aber er öffnete mir nicht.

Dann versuchte ich es am Abend und hatte wieder keinen Erfolg. Entweder wollte er mich nicht sehen oder er war wirklich nicht zuhause.

In den nächsten Tagen war Daniel wie vom Boden verschwunden. Er ging auch nicht an sein Telefon. Ich war sehr traurig, dass ich keine Chance hatte ihm die Situation zu erklären. Ich rief noch einmal an und hinterließ eine Nachricht auf dem Anrufbeantworter. Aber Daniel meldete sich nicht.

Am nächsten Tag hatte ich den Termin bei Frau Berger in der Boutique. Sie ließ mir freie Hand bei der Arbeit und wir verstanden uns prima.

Am Ende des Tages setzten wir uns zusammen und ich unterschrieb einen Arbeitsvertrag. Ich würde drei Tage die Woche arbeiten und die Bezahlung war auch nicht schlecht.

Ich sollte im nächsten Monat anfangen. So hatte ich noch ein paar Tage Zeit, die Sache mit dem Studium in Angriff zu nehmen.

Ich schrieb mich an der Universität zum nächsten Semester ein und war überglücklich.

Auf dem Rückweg fuhr ich bei Georg vorbei. Er saß mit rosigen Wangen im Aufenthaltsraum und las in einem Buch.

„Das ist ja eine schöne Überraschung", sagte er und winkte mich zu sich.

Ich konnte es kaum erwarten Georg die Neuigkeiten zu erzählen. Es sprudelte nur so aus mir heraus.

Georg lächelte: „Das war eine gute Entscheidung. Du hast alles richtig gemacht!" Er tätschelte meine Hand.

„Und was macht die Liebe?" fragte er plötzlich. „Das Tom sich von Valeria getrennt hat, hast Du ja mitbekommen?"

Ich nickte. „Ich weiß nicht was Tom Dir erzählt hat, aber es war umgekehrt. Valeria hat sich von Tom getrennt."

„Das habe ich mir schon gedacht, sie hat nicht zu ihm gepasst."

„Ich weiß, Du magst sie nicht besonders, aber wie es wirklich war, sollte Dir Tom einmal erzählen."

Georg schaute mich erstaunt an, fragte aber nicht weiter.

„Ich habe eine Bitte!" sagte Georg nach einer Weile.

„Was kann ich für Dich tun?" fragte ich.

„Ich würde Dich gern zum Anlass der guten Neuigkeiten zum Essen einladen." Georg strahlte.

„Das ist aber nett von Dir. Wohin möchtest Du denn?"

„Es gibt um die Ecke ein sehr schönes Lokal. Wir können zu Fuß gehen." Georg erhob ich mühsam und streckte sich.

„Dann komme ich auch hier mal raus!" flüsterte er mir zu und grinste. „Ich hole nur noch meine Jacke aus dem Zimmer!"

Ich wartete in der Halle bis Georg zurück war. Wir gingen langsam die Straße entlang. Ich hakte mich bei Georg ein, damit er sicherer laufen konnte.

Im Lokal angekommen, setzten wir uns an einen kleinen Tisch in einer Nische. Das Restaurant war urgemütlich eingerichtet und es roch sehr lecker. Ich schnupperte.

Die Kellnerin reichte uns die Speisekarten und wir bestellten uns erst einmal ein Bier.

Als wir uns zuprosteten, sagte Georg: „Auf Dich und deine Entscheidung, Dein Leben noch einmal umzukrempeln. Du schaffst das schon!"

„Danke Georg, auch für die Einladung!"

Wir bestellten unsere Speisen. Georg wollte jetzt noch wissen, wie es mit mir und Daniel lief.

„Ich weiß, dass Daniel Dich sehr liebt. Er hat es mir einmal erzählt, als er mich besucht hat. Nach eurem gemeinsamen Urlaub war er sehr unglücklich, dass Du ihn zurückgewiesen hast." Georg schaute mich fragend an.

„Daniel hat mich letztens gesehen, als ich morgens aus Toms Wohnung kam. Er hat das völlig missverstanden und ist für mich seit Tagen nicht zu erreichen. Er ruft auch nicht zurück", seufzte ich.

„Ach Du liebe Zeit!" sagte Georg. Er hat bestimmt gedacht, Du hättest bei Tom übernachtet." Er runzelte die Stirn.

Unser Essen kam und wir schwiegen erstmal eine Weile.

„Du solltest so schnell wie möglich versuchen, Dich mit Daniel auszusprechen. Nichts ist schlimmer, sich in der Phantasie auszumalen, was gewesen sein könnte."

„Du hast Recht! Ich vermisse Daniel sehr. Das merke ich jetzt erst so richtig. Ich möchte ihn nicht verlieren!" sagte ich traurig.

Georg schaute mir tief in die Augen und lächelte dann.

„Daniel und Du ihr seid wundervolle Menschen und ihr passt perfekt zusammen. Ihr erinnert mich an meine Frau und mich, als wir jung waren."

Seine Worte rührten mich sehr und mir kamen die Tränen.

„Nicht weinen Elena. Es gibt keinen Grund um traurig zu sein. Sprich mit Daniel. Er wartet bestimmt nur darauf!"

„Dann muss er mich erst einmal wieder an sich heran lassen!" sagte ich leise.

Nach dem Essen brachte ich Georg wieder zurück ins Seniorenheim. Er war müde und wollte sich hinlegen. Auf dem Heimweg kam ich an dem Krankenhaus vorbei, in dem Daniel arbeitete. Kurzentschlossen ging ich an die Rezeption in der Halle und fragte: „Bei ihnen arbeitet Dr. Daniel Rath. Können Sie mir sagen, auf welcher Station ich ihn finden kann?"

Die Dame an der Rezeption schaute auf ihren Monitor und sagte dann: „Sie können ihn auf der Chirurgie finden. Station 3E."

Ich bedankte mich und fuhr mit dem Fahrstuhl auf die dritte Etage. Ein Hinweisschild zeigte nach rechts. Ich ging den Flur entlang und schaute mich um.

Da sah ich Daniel mit einer attraktiven Krankenschwester lachend auf mich zukommen. Die Vertrautheit zwischen den Beiden versetzte mir einen Stich. Daniel sagte etwas zu der Frau und sie schaute ihn bewundernd an. So kam es mir jedenfalls vor.

In diesem Moment erkannte Daniel mich und sein Gesicht verfinsterte sich.

Als er und die Krankenschwester auf meiner Höhe waren, sagte Daniel: „Tina, gehen Sie schon einmal ins Schwesternzimmer. Ich komme gleich nach!"

Tina, die Krankenschwester schaute mich von oben bis unten an und ging dann schnellen Schrittes in ein Zimmer mit einer großen Glastür.

„Was machst Du hier Elena?" fragte Daniel distanziert.

„Ich wollte mit Dir reden. Ich habe schon so oft bei Dir geklingelt und angerufen. Du meldest Dich ja schon seit Tagen nicht mehr bei mir!" antwortete ich zerknirscht.

„Das ist hier nicht der richtige Ort für eine Aussprache!" Daniel drehte sich zur Seite. „Ich habe um acht Uhr Feierabend. Wenn ich zuhause bin, können wir reden!" Dann ging er ebenfalls in den Raum, in dem eben Tina verschwunden war.

Am späten Abend wurde ich zunehmend nervöser. Ich freute mich schon sehr auf Daniel. Ich machte mich zurecht, legte ein leichtes Makeup auf und wartete, dass Daniel bei mir klingelte.

Ich öffnete eine Flasche Sekt, weil ich mit ihm meine Entscheidung zu studieren feiern wollte.

Er wusste ja noch gar nicht, was in den letzten Tagen passiert war.

Ich schaute dauernd auf die Uhr. Kurz nach neun hielt ich es nicht mehr aus. Ich ging zu Daniel hinüber und klingelte. Es dauerte eine Weile bis sich die Tür öffnete.

Ich war wie vor den Kopf geschlagen, als ich in Tinas Gesicht schaute. Sie hatte ihre Schwesterntracht gegen ein kurzes Kleid getauscht und sagte: „Daniel hat keine Zeit. Er meldet sich morgen bei Ihnen." Dann schloss sie die Tür vor meiner Nase, bevor ich etwas erwidern konnte.

Meine Beine zitterten. Was war das denn? Hatte Daniel sich so schnell getröstet? Ich ging zurück in meine Wohnung. Als ich die Tür hinter mir geschlossen hatte, konnte ich die Tränen nicht zurückhalten. Die Männer sind doch alle gleich. Ich war unendlich enttäuscht. Ich schluchzte und warf mich auf mein Bett. Ich wollte nichts mehr hören und sehen.

Nach einer Weile konnte ich mich wieder beruhigen. Die Enttäuschung gegenüber Daniel saß tief und ich merkte, wie die Eifersucht mir die Luft abschnürte. Und mit einem Mal wurde mir klar, ich hatte Liebeskummer. Viel schlimmer als bei Tobias. Ich war verzweifelt.

Irgendwann schlief ich ein. Mitten in der Nacht wurde ich wieder wach. Mir war furchtbar kalt.

Ich konnte nicht mehr schlafen und stand auf, um mir einen Tee zu machen. Ich hätte mich am liebsten angezogen und wäre zu Daniel in die Wohnung gegangen. Ich wollte wissen, was mit ihm und dieser Tina war. Ich schüttete den Tee in den Abfluss der Spüle. Er schmeckte bitter und ich brauchte jetzt etwas Stärkeres.

Hinten in meinem Wohnzimmerschrank fand ich eine Flasche Grappa. Die hatte Tobias einmal gekauft. Ich mochte eigentlich keinen Schnaps. Aber heute brauchte ich ihn. Ich schüttete mir etwas, der Einfachheit halber, in mein Teeglas. Dann trank ich es in einem Zug aus.

Meine Kehle brannte. Ich schüttete mir gleich den Nächsten ein. Danach wurde mir warm und ich entspannte etwas. Nach dem dritten Grappa schwankte ich wieder in mein Bett. Mir war schlecht. Aber irgendwann schlief ich wieder ein. Ich träumte von Daniel und Tina. Sie heirateten und ich war Blumenmädchen. Ich warf Blüten, aber beim genaueren Hinsehen waren es Steine. Am liebsten hätte ich diese Daniel und Tina an den Kopf geworfen. Im Traum nahm ich einen großen Stein und holte aus, um zu werfen.

In diesem Moment klingelte es an meiner Tür und ich wurde wach. Ich wusste erst gar nicht wo ich war, dann sprang ich aber schnell aus dem Bett, weil ich hoffte, dass Daniel geklingelt hatte.

Es war aber nur der Auslieferungsfahrer einer Paketfirma, der mich fragte ob ich ein Paket für eine meiner Nachbarinnen annehmen könnte.

Ich nickte und nahm enttäuscht das Paket entgegen.

Bevor ich wieder in meine Wohnung ging, schielte ich vorsichtig um die Ecke. Ich lauschte, weil ich hoffte, dass ich Daniel hören konnte. Aber alles war still.

Es war kurz nach neun. Ich kochte mir einen Kaffee und schaute, ob ich das Brot aus der Vorratsdose noch essen konnte. Es war knochenhart.

Also zog ich mich an, um zum Bäcker zu gehen. Es regnete, deshalb nahm ich die Kapuzenjacke von der Garderobe. In der Bäckerei war es um diese

Uhrzeit rappelvoll. Ich musste einige Minuten warten bis ich endlich an der Reihe war. Mit Brötchen und zwei Stück Kuchen ging ich schnell wieder nach Hause. Es war empfindlich kalt.

Ich hoffte, dass Daniel vorbeikommen würde. Deshalb hatte ich den Kuchen mitgenommen.

Er aß ja gerne Schokolade und Süßes. Bei dem Gedanken an ihn musste ich lächeln. Ich sah ihn vor mir, wie er in Holland heimlich die Schokolade genascht hatte.

Am heutigen Tage waren die Zulassung und die Aufnahmeunterlagen der Studienvergabestelle in der Post. Ich jubelte leise und drückte die Papiere an meine Brust.

Am nächsten Montag fing ich dann auch bei Frau Berger an. Ich freute mich wieder arbeiten gehen zu können. Mir fiel langsam die Decke auf den Kopf.

Ich wartete den ganzen Tag auf Daniel. Am Nachmittag aß ich vor lauter Frust beide Kuchenstücke. Ich versuchte zu lesen, konnte mich aber nicht auf das Buch konzentrieren.

Zum Joggen hatte ich keine Lust. Mittlerweile regnete es in Strömen. Das passte zu meiner Stimmung.

Daniel kam auch heute nicht. Ich wurde so langsam wütend. Was bildete er sich denn ein? Sollte ich doch noch einmal anrufen? Ich verwarf den Gedanken. Ich wollte ihm nicht hinterherlaufen.

Am späten Abend rief Georg an.

„Hallo Elena. Ich wollte mal hören, wie es Dir geht und ob Du mit Daniel gesprochen hast", sagte er.

„Er will nicht mit mir reden. Ich habe ihn im Krankenhaus aufgesucht. Dort hat er mich abgewimmelt. Als ich gestern bei ihm geklingelt habe, hat mir eine andere Frau die Tür geöffnet. Sie meinte nur knapp, dass Daniel keine Zeit für mich hätte. Ich weiß nicht was das bedeuten soll!" antwortete ich verzweifelt.

Es war eine ganz Weile ruhig am anderen Ende. Dann sagte Georg leise: „Soll ich einmal mit ihm reden? Er wollte mich am Wochenende besuchen kommen!"

Erst wollte ich zusagen, aber ich musste mit der Situation selbst fertig werden. Aber ich war gerührt, dass Georg es mir angeboten hatte.

„Ich verstehe!" sagte Georg. „Aber Du könntest ja zufällig am Samstag auch um fünfzehn Uhr hier sein." Ich hörte wie er sich über seinen Vorschlag freute.

„Georg, Du bist der Beste!" sagte ich. Dann kann er mir nicht ausweichen."

„Manchmal muss man dem Glück einfach mal auf die Sprünge helfen!" Georg lachte.

Auch an den nächsten beiden Tagen hörte ich nichts von Daniel. Ich fieberte dem Wochenende entgegen. Ich wollte endlich eine Aussprache.

Am Samstag wartete ich, bis ich gegen halb drei hörte, wie Daniel seine Wohnung verließ. Ich wartete noch eine Viertelstunde und machte mich dann ebenfalls auf den Weg zum Seniorenheim.

Unterwegs wurde ich immer nervöser. Was war, wenn Daniel einfach aufstand und ging. Oder das er mir sagte, er hätte sich in Jemand anders verliebt. Mein Herz klopfte bis zum Hals, als ich durch die Eingangstür des Seniorenheims ging.

Ich schaute in den Aufenthaltsraum. Dort saßen Georg und Daniel am Ende eines langen Tisches und unterhielten sich angeregt.

Ich trat an den Tisch und sagte: „Hallo Ihr Beiden!"

Georg lachte mich an und klopfte auf den Stuhl neben Daniel. „Das ist ja schön, dass Du mich auch besuchst. Setz Dich Elena!"

Ich setzte mich zwischen ihn und Daniel.

„Ab Montag muss ich ja wieder arbeiten, deshalb wollte ich Dich heute noch einmal sehen! Demnächst habe ich ja nicht mehr so viel Zeit!"

Ich schaute von Georg zu Daniel. Der schaute auf seine Hände und sagte kein Wort.

„Ich glaube ich muss mal auf die Toilette!" sagte Georg. Ich wusste, dass er mir und Daniel die Gelegenheit geben wollte, uns auszusprechen.

Als er um die Ecke verschwunden war, hielt ich es nicht mehr aus.

„Daniel was ist denn los mit Dir. Ich versuche schon seit Tagen mit Dir zu sprechen. Warum benimmst Du Dich so abweisend mir gegenüber!"

Daniel schnaubte und schaute mich wütend an.

„Denkst Du es macht mir nichts aus, wenn die Frau die ich liebe, morgens aus der Wohnung eines anderen Mannes kommt. Hat Tom Dich am Ende doch noch um den Finger gewickelt?" sagte er verächtlich.

„Das ist nicht fair. Zwischen Tom und mir läuft rein gar nichts", antwortete ich entrüstet. „Von Vertrauen hältst Du ja nicht viel!"

Daniel schaute zur Seite. Es dauerte einen Moment, dann sagte er leise: „Ich gehe jetzt nach Hause. Ich möchte über alles nachdenken. Wir reden noch einmal in Ruhe über das, was geschehen ist. Versprochen!"

Dann stand er schnell auf und sagte noch im Gehen: „Sag Georg, ich komme ihn bald wieder besuchen!" Und dann war er verschwunden.

Ich wollte Daniel nachlaufen, aber Georg der gerade zurückkam, hielt mich davon ab.

„Lass ihn! Er braucht Zeit! Er hat mir vorhin erzählt, dass er kaum noch schlafen und arbeiten kann, seit er glaubt Du hättest ein Verhältnis mit Tom."

„So ein Dummkopf! Er hätte mich doch nur fragen können!" Ich war wirklich enttäuscht, dass Daniel so wenig Vertrauen zu mir hatte.

„Ach Kinder! Macht Euch doch gegenseitig das Leben nicht so schwer." Georg seufzte.

„Wenn das so weiter geht, muss ich Euch noch meine guten Ratschläge in Rechnung stellen!"

Ich schaute ihn an. Als ich sah, wie er sich über mein erstauntes Gesicht amüsierte, musste ich auch lachen.

Ungefähr eine Stunde später machte ich mich dann wieder auf den Rückweg.

In meiner Wohnung war es kalt, weil ich vergessen hatte das Wohnzimmerfenster zu schließen. Ich ging ins Schlafzimmer und zog meinen warmen rosa Hausanzug an, als es klingelte.

Daniel stand ziemlich zerknirscht vor der Tür und hielt mir eine Flasche Wein unter die Nase.

„Das ist ein Friedensangebot. Lässt Du mich rein?" fragte er.

Ich nickte und ließ ihn in den Flur kommen. Als ich die Tür hinter uns geschlossen hatte, sah ich wie Daniel unentschlossen stehen geblieben war.

„Was ist los?" fragte ich.

„Ich bin so fasziniert von Deinem rosa Anzug!" sagte Daniel und lächelte. „Du siehst aus wie Zuckerwatte mit Beinen!"

„Ich habe heute nicht mehr mit Dir gerechnet. Ich habe eigentlich gar nicht gewusst, ob Du überhaupt noch einmal mit mir reden willst!"

„Ich weiß, dass ich mich total kindisch benommen habe. Aber ich habe wirklich gedacht, dass Du mit Tom geschlafen hast. Warum warst Du sonst so früh am Morgen in seiner Wohnung?"

„Setz Dich!" sagte ich und deutete auf die Couch. Ich holte zwei Gläser und schenkte uns den Sekt ein.

„Ich konnte in der Nacht nicht schlafen, weil ich eine Entscheidung getroffen hatte und sie Dir am liebsten gleich mitgeteilt hätte. Deshalb war ich auch an dem Morgen schon sehr früh wach und bin zum Bäcker gegangen. Im Treppenhaus hat mich dann Tom abgefangen, weil er mit mir über Valeria sprechen wollte. Er war sehr verzweifelt, dass sie mit Chiara nach Italien zurückgegangen ist"

Daniel schaute mich weiterhin fragend an.

„Ich habe einen Kaffee mit ihm getrunken und ihm meine Meinung gesagt. Mehr war nicht und wird es auch nie sein. Ich kann selbst nicht mehr verstehen, warum ich mich eine Zeitlang so zu ihm hingezogen gefühlt habe."

Als Daniel nichts dazu sagte, fragte ich ihn: „Und was wollte Tina im Minikleidchen in Deiner Wohnung?"

Daniel grinste mich an.

„Das hat Dich doch geärgert oder warst Du vielleicht sogar eifersüchtig?" fragte er.

Ich wurde mal wieder rot, weil er mich ertappt hatte.

Daniel stand auf und stellte sich vor meinen Sessel. Er gab mir beide Hände und zog mich nach oben.

„Also mein rosa Engelchen. Es war so, dass es an diesem Tag fürchterlich geregnet hatte, als ich Feierabend hatte. Da ich kein Auto habe, hat mich Tina nach Hause gefahren und ich habe sie zu einem Kaffee eingeladen. Ich habe sie aber mit einem Hintergedanken die Tür öffnen lassen. Ich wollte Dich eifersüchtig machen! Im Übrigen ist Tina glücklich verheiratet!"

Als sich Daniel zu mir hinunterbeugte um mich zu küssen, klingelte mein Telefon. Ich schaute auf das Display und sah, dass es die Nummer von Georgs Seniorenheim war.

„Da muss ich rangehen!" sagte ich und löste mich von Daniel.

Am anderen Ende war eine Pflegerin, die ganz aufgeregt sagte: „Kommen Sie bitte so schnell wie möglich zu uns. Herrn Strauch geht es nicht gut. Ich kann seinen Enkel nicht erreichen. Er bat darum das Sie kommen!"

„Ich komme sofort", antwortete ich und legte wieder auf.

„Georg geht es schlecht. Er will aber nicht ins Krankenhaus. Tom ist nicht zu erreichen. Er möchte, dass ich komme!" Ich war ganz aufgeregt.

Daniel schaute mich an. „Zieh Dich schnell um, ich komme natürlich mit. Ich rufe uns ein Taxi!"

„Danke Daniel!" sagte ich und lief schnell ins Schlafzimmer. Als ich mich umgezogen hatte, klingelte der Taxifahrer auch schon an der Tür.

Daniel und ich liefen die Treppen hinunter und baten den Fahrer, uns so schnell wie möglich in das Seniorenheim zu bringen.

Als wir dort ankamen, bezahlte Daniel die Fahrt und ich lief schon einmal in das Gebäude.

An der Rezeption wartete schon die Krankenpflegerin und ging mit mir ins Georgs Zimmer.

Der lag blass und kaum ansprechbar in seinem Bett. Ich bekam Angst. Das sah nicht gut aus.

In der Zwischenzeit war auch Daniel angekommen. Er beugte sich direkt über Georg und fühlte seinen Puls.

„Sein Herz schlägt ganz unregelmäßig. Ich befürchte er hat einen Herzinfarkt! Rufen Sie sofort den Notarzt", sagte er laut zu der Pflegerin. Die nahm ein Handy aus der Kitteltasche und rief sofort an.

„Der Notarzt ist in ca. zehn Minuten hier!" sagte sie dann außer Atem.

Ein Blick auf Georg versetzte mich in Panik. Er war bewusstlos geworden.

Daniel riss die Decke vom Bett und begann sofort mit einer Herzmassage und Beatmung.

„Haben Sie hier einen Defibrillator?" fragte er.

Die Krankenschwester lief in den Flur und kam mit dem Gerät nach einer Minute wieder in den Raum.

Bei Daniel saß jeder Handgriff. Er gab mir Kommandos, wie ich mit der Herzmassage weiter machen sollte. Er startete blitzschnell das Schockgerät.

„Alle vom Bett weg!" sagte er. Dann hielt er die beiden Elektroden-Paddles auf Georgs Brustkorb und startete das Gerät.

Georg bäumte sich auf, aber es passierte sonst nichts.

Daniel stellte etwas an dem Defibrillator ein und wiederholte den Vorgang.

Mir blieb der Atem stehen. Mein Herz klopfte wie wild.

Nach ein paar Sekunden öffnete Georg auf einmal die Augen. Er schaute uns erstaunt an und wollte etwas sagen. Aber er war zu schwach.

In diesem Moment stürmten die Rettungssanitäter und der Notarzt in den Raum.

Daniel stellte sich neben mich und nahm mich in den Arm.

„Hab keine Angst, alles wird gut. Georg ist ein Kämpfer!" flüsterte er mir ins Ohr.

Nach einer gefühlten Ewigkeit hatte man Georg stabilisiert und auf eine Trage gelegt.

„Wer hat denn hier erste Hilfe geleistet?" fragte der Notarzt.

Ich deutete auf Daniel.

„Herzlichen Glückwunsch. Sie haben Herrn Strauch wahrscheinlich das Leben gerettet. Sie sollten Arzt werden!"

In diesem Moment fiel die ganze Anspannung von uns ab und wir konnten uns vor Lachen kaum halten.

„Was war denn jetzt so lustig?" fragte der Notarzt irritiert.

„Ich bin ein Kollege! Allerdings noch im praktischen Jahr", antwortete Daniel.

Der Notarzt grinste und sagte nur: „Gut gemacht!"

Dann brachte man Georg in den Rettungswagen. Als dieser um die Ecke fuhr, merkte ich erst wie angespannt ich war. Meine Beine zitterten immer noch. Ich war wahnsinnig stolz auf Daniel.

Der hatte gemerkt, dass ich ihn bewundernd von der Seite angeschaut hatte.

„Georg ist erstmal versorgt und kommt auf die Intensivstation. Ich erkundige mich morgen, wie es ihm geht." Er nahm meine Hand. „Was machen wir zwei Hübschen denn jetzt?"

„Ich brauche einen Schnaps!" antwortete ich.

„Na dann ab nach Hause, ich habe eine gut gefüllte Bar!" Daniel grinste.

Als wir endlich wieder Zuhause waren, war ich todmüde. Ich ging noch mit in Daniels Wohnung und trank mit ihm einen Drink. Ich merkte gar nicht, dass Daniel noch einmal nachgeschenkt hatte, denn ich war in der Zwischenzeit auf der Couch eingeschlafen.

Als ich wieder wach wurde, sah ich, dass Daniel ebenfalls im Sessel schlief. Er schnarchte leise. In diesem Moment überkam mich ein unheimlich zärtliches Gefühl und ich wusste jetzt, dass ich Daniel liebte. Endlich konnte ich es mir eingestehen. Ich nahm die Decke, mit der Daniel mich zugedeckt hatte und breitete sie über ihm aus. Dann küsste ich ihn vorsichtig auf die Stirn.

In diesem Moment öffnete Daniel die Augen.

„Glaub bloß nicht, dass Du Dich wieder aus dem Staub machen kannst!" sagte er verschlafen.

„Es ist schon sehr spät. Ich wollte Dich nicht wecken. Wann musst Du morgen aufstehen?" sagte ich leise.

„Ich habe die nächsten beiden Tage frei." Daniel stand mühsam auf. „Bleib doch heute Nacht bei mir!"

Er nahm meine Hand und zog mich in sein Schlafzimmer. In dieser Nacht schliefen wir kaum. Es war unbeschreiblich schön, weil ich mich wirklich fallen lassen konnte.

Am nächsten Morgen konnte ich Daniel dann endlich erzählen, was sich in den letzten Tagen ereignet hatte.

„Am Montag habe ich meinen ersten Arbeitstag bei Frau Berger in der Boutique. Dann kommt wieder etwas Geld auf mein Konto. So kann ich mir das Studium ab dem Wintersemester finanzieren. Ich bin so glücklich und schon etwas aufgeregt." Ich legte meinen Kopf auf Daniels Brust. Ich hörte sein Herz schlagen und fühlte mich so glücklich wie lange nicht mehr.

Daniel schaute mich an. Er küsste mich sanft und antwortete dann: „Ich bin so stolz auf Dich. Ich freue mich, dass Du Dir Deinen Traum vom Studium erfüllen wirst."

Ich wuschelte ihm durch seine Haare, die wie immer in alle Himmelrichtungen abstanden.

Daniel sah umwerfend aus und als er lächelte, sagte ich ohne nachzudenken: „Ich glaube ich liebe Dich!"

Daniel packte mich und küsste mich leidenschaftlich.

„Weißt Du wie lange ich auf diese Worte gewartet habe? Ich war so enttäuscht, als Du mir in Holland gesagt hast, dass Du keine Beziehung mit mir möchtest. Und dann meine Angst, ich könnte Dich an Tom verlieren. Ich bin fast gestorben vor Eifersucht."

„Ich brauchte halt etwas länger, um mir sicher zu sein!" antwortete ich.

„Du machst mich so glücklich mein Engel! Ich liebe Dich auch!"

In diesem Moment klingelte es an Daniels Tür. Er stand auf, zog einen Bademantel über und ging an die Tür.

Ich hörte, wie er sagte: „Tom? Was kann ich für Dich tun?"

Tom antwortete: „Ich komme eben aus dem Krankenhaus. Ich habe gestern Nacht noch erfahren, dass Du meinem Opa das Leben gerettet hast. Ich wollte mich bei Dir bedanken. Georg ist außer Lebensgefahr."

Ich sprang aus dem Bett und wickelte mir nur ein Laken um.

„Hallo Tom!" sagte ich. „Ich habe gerade die gute Nachricht gehört. Ich bin heilfroh, dass alles gut gegangen ist!"

Tom sah Daniel und mich schmunzelnd an. Dann drehte er sich um und sagte im Gehen: „Herzlichen Glückwunsch. Ich wusste, dass Ihr zusammengehört. Macht es besser als ich."

Daniel schloss die Tür und nahm mich in den Arm.

„Dich lasse ich nie wieder los!" sagte er und ich wusste, dass ich meinen Traummann gefunden hatte.

.....ein halbes Jahr später kündigte Daniel seine Wohnung und zog zu mir. Mittlerweile studiere ich Innenarchitektur und wenn Daniel mir nicht wegläuft, werden wir nächste Woche heiraten.

Herstellung und Verlag:
BoD – Books on Demand, Norderstedt
ISBN: 978-3-7494-9936-6